川端康成

Kawabata Yasunari

浅草九宫鸟

浅草の九官鳥

汪正球
帅松生 译

上海译文出版社

目　录

虹

这孩子就拜托给你了。请好好照看她。

——众舞女上

她们把写着这句话的便笺让花子拿着。说喜欢木村要去他家投宿这件事，就是花子主动提出来的。花子对揣在怀中的纸条上写着什么也并不在意，摇摆着双手走在前头，敲着仿佛响板似的竹板。众舞女只是为了看着她进入木村的公寓才跟着她去的。归程中，舞女们就像着了火似的撒着欢儿，远远地步行至盛开着夜樱的上野公园。等最后到绫子家睡觉，已经是电车声清晰可闻的黎明时分，但绫子还是九点钟就醒来了。

她每天早晨都去练习日本舞。十天换一次节目的表演中，头一天在终演后要拍舞台剧照，从第四天开始得为下一轮演出进行练习。散场后能马上回去的，只有第二天和第三天。因此绫子常在后台打盹儿。在浴池中，她感到失血。即便如此，她还是决心一生不嫁，立志当一名舞蹈老师，所以早晨的舞蹈练习她从不松懈。

只有绫子还没有修剪头发。昨夜偷折下来的樱花，从她的头上掉落下来，被身旁的藤子压在微闪着汗光的粉颊下面。四个人同睡在一张大床上。床头两个人，床尾两个人，对躺着挤成一团，她们可人的体温带着酣美的疲惫。绫子一个人悄悄溜出了家门，就连夜晚去公园里给人相面的父亲也还在睡梦中。

她本想马上去好好嘲弄木村一番，就兴冲冲地登上公寓的二楼，一声不吭地打开门扉。只见花子还在熟睡；绫子猛地呆住了，屋内只有花子一人。她痴痴地站着呆望着，因为她没想到花子会一直睡到早晨。

黄里透红的整幅腰带，长长地堆散在枕旁。竹板散搁着。不过花子是和衣而睡的。两条人造丝的长袖好似从被子里长出来似的，直散到头顶上的席子上。浓浓的口红一如昨晚，涂得整整齐齐，将稍许泛黄的牙齿染成了微红。

花子虚岁十一岁。

玻璃窗上只有一幅遮阳的白布窗帘。竹板上的手垢与花子长衬衣上的污渍显得很不协调。但成人妆反而给她的睡颜平添了几分孩子的稚气。

“好孩子，加油啊！”绫子无意识地自言自语，快活地连连摇头，然后悄悄合上了门，低着头匆匆离开了。

正值赏花时节，兴许是游客起得早，木马馆[①] 的大门已经打

① 即“演艺木马馆”，位于日本东京都台东区浅草二丁目的剧场。

开了，女侍正忙着给未开动的木马掸灰。门前已是人声鼎沸，绫子也探过头去看，只见一个流浪汉样子的男子，仿佛手脚都给折断的青蛙似的乱折腾。他肩负四角灯笼似的广告箱。也许是什么中毒患者吧。两三只翅膀上扑腾着灰尘的鸽子飞落下来。观光客的表情大多跟木马似的，一动不动。其中只有一个人蹲着，一副病人般的凄苦表情，眼睛一眨不眨地茫然远望。他就是木村。

看到木村，绫子忽然心里一亮，从背后拍了一下他的肩膀。木村仿佛睡醒般站起来，紧跟在绫子的身后。

“你在看什么呀，脸色怎么这么难看？”

“是吗？！”

“花子还在睡呢，她可真可爱呀！”

“腿有点麻了，”木村摩挲着大腿，“我在想谁能来照顾这些人流呢？”

“所以你就一直蹲在那儿等着？真傻。”

“去练舞是吗？”

“是啊，真困哪！昨晚她们三人从那边回来就睡在我那里。我们一直走到上野公园。回来后在床上一直叽叽喳喳闹到天亮。只有阿银是一会儿就睡着的。真拿她们没办法。”

“阿银的身子很冷的。”

“咦？！”绫子直盯着木村惊愕道。

五重塔的旁边有棵高大的银杏树，银杏鲜嫩的叶子沐浴着朝阳，那绿色明丽得直晃眼。被保姆抱在怀中的婴儿，用不太灵便的手势，乱撒着鸠豆。

“对了，木村你可是常跟阿银一起跳舞的呀，在开幕之类的时候。”

“真不舒服。”

“是吗？中根先生可说过，身体冷的女人，舞准跳得好。”

“到底是怎么回事我也弄不明白。也许是阿银跳舞跳得很认真的缘故。那种人肯定薄情寡义。”

“是吗？此话怎讲？”

“今天早上，花子也讲我太薄情了。我先起了床，打算出门，就叫醒了这孩子。她竟然说：啊，木村先生真是个薄情郎哪！都把我笑得直不起腰来了。”

“然后她又一个人睡着了？”

“为什么把花子送到我家里来过夜呢？”

“你不明白这里面的理儿？因为我们大伙都十分喜欢你，我就是这样想的。”将昨晚在她脑海里闪过的秘密，像爱讲水话似的公开，自然是有点狡猾；不过，看到木村一点也不动声色，绫子又像隐瞒自卑感似的说：

“这孩子真少有。她竟然常常夸口说要做木村先生的妻子。”

“昨晚她说个没完，我就告诉她说我最喜欢睡着时的女孩，她才马上入睡了。”

“真可爱。”

“是真的。”

“你喜欢睡着的女孩？哼！”

“怎么啦？！”

“我想我听到了一条好消息。”

“花子在上床之前还正儿八经地算账呢。她总爱把破口袋似的用得很脏的钱包别在腰带上，就像乡下老太太。一个晚上她能收不少赏钱吧！”

“到底挣了多少？”绫子性急地问道，脸上随即闪过一丝羞涩，“木村你说说，我跟花子究竟谁苗条？花子就爱讲一些没羞没臊的话招男人喜欢，小小岁数倒是挺能干哪！真是个可爱的精怪。那些把她看成可爱洋娃娃的男人，到头来都会变成她手中的洋娃娃。你以为我想事情想得有点出格吗？有一次，西林先生趁我们跟杂志社的人一起饮茶之际，问我们是否准确知道自己的钱包里入账多少。我当下就说：我清楚。大家都说不清楚。她们是在撒谎。我从来不会讲假话。我们去西林先生那儿，常吃水果呀什么的，总是由我用报纸把香蕉皮、苹果皮包好，在回去的路上扔掉。西林先生就曾笑话我：绫子好可怜，我跟她结婚得了。像我这号人，在舞台上再也不叫座了。你说我真的那么大姐姐味儿了？”

“得了，”木村像在无意间吹着口哨似的轻描淡写，“每天早晨都去练习日本舞，到底为啥？”

绫子忽然站立不动：

“你这人真坏，根本就没有听我在讲什么嘛！你说为啥就是为啥。”

“这么勤奋练习，想当什么？”

他的话语含着一股孩子气的天真，不过语气冷漠空洞。

可是绫子没有迁怒于他。在这个比她小一岁的十七岁少年郎身上，有一种任谁也不忍对他发怒的可人劲儿。绫子反而态度越发认真起来。

“做歌舞剧里的舞女嘛，我不是那块料；只要混到一个艺名，我就不会再跳了。我也不能嫁人。”

“为什么下这么大的决心？”

“真讨厌，像孩子一样问个不停。”

“我跟谁讲话舌头都不灵。”

“就是。蝶子说过，在舞台上跟木村一起演戏，肯定会念错台词的。她说她讨厌跟英俊的男人在一起演戏。不过，这肯定不是英俊的错。练习跳舞，根本就没有什么用处，给你这么一开导，我今天也想休息休息了。你考虑过将来的目标吗？你打算当什么？”

“我想当飞机驾驶员。”

“飞机驾驶员？”

答复过于唐突，她不由得鹦鹉学舌般重复了一遍。然而她觉察到少年的语调中，透露着令人痛彻的空虚的梦幻。她笑着掩饰道：

“真是异想天开呀！你曾在地铁工作，却想当飞机驾驶员。真像是说相声。一个猫在地底下的人却想飞到天上去。”

木村在地铁当过乘务员。他身穿制服，乍看上去像是庆应大学的学生，使本来就温和可人的公子哥儿似的他，显得愈发洒脱不俗，以至于成为歌舞剧团里舞女们的议论中心。跟绫子在一起的兰子，也不知道怎么去勾引的，跟他交了朋友，甚至让他住到了自己的公寓里。在一家家戏班子间奔走、离开了浅草的年长色衰的舞女们，倒时常给巡回演出的舞蹈团相中，今年二月兰子连木村也一起带去了。但是木村一个人突然从甲府溜了回来，据说他是逃出来的。

不过，他仍然若无其事地住在兰子的公寓里，在原先的小剧团工作。兰子也没有来过一封信。倒是本来两三年前就分了手的兰子的丈夫，到过公寓两三次，每次都随意地把她仅剩的一点衣物拿走，木村对此也毫不在意。

虽然明知绫子是往舞蹈老师家的方向去的，但是他也不清楚要跟她到何处为止。木村眼中全然一副没有绫子的表情。不过，他信马由缰似乎也不光在考虑自己的事，结果还是多多少少受了绫子的吸引来的。当绫子这样思忖时，反而失去了主张，更加难舍难分。而且，她不知怎的慢慢较起劲、认起真来，有一种淡淡的寂寞感。

明知最后是走了远路，但一出隅田公园，便是草长莺飞、樱花满树的好景致。这虽然是常见的风景，但绫子还是极为珍惜，觉得如有神助，脑海里不由浮现出“世界真寥廓”的喟叹。

她虽想提醒木村，给他以希望，但是终归无能为力，只能相伴在一起随兴而行。

煽动花子去借宿，就是喜欢木村的舞女们的现身说法。绫子刚才甚至解剖到了这一层。不过，其中似乎隐含着对自己这伙人极为危险的因素。

手摇竹板、挨家挨户地去咖啡馆或小饭馆卖唱的花子，到底特别喜欢木村的哪一点呢？绫子对此感到惊惧，脑中浮现出花子纯真妩媚的睡姿。

银子在初浴过的身体上穿件习舞服，手里拿着橘子跑步赶到练功房门口。她将短发自然地撩在耳后，圆圆的粉脸，淡淡的蛾眉，乍看上去仿佛表情严肃的偶人。而且，她边用手中的橘子揉着半边脸，边把脸转向一边。虽然是熟人，新闻记者还是语气郑重地絮叨着宣传呀、成名之类的陈词滥调。可是银子的感觉似乎与此相去甚远，她坦率地说根本没有看过这类报道，也无意接受邀请。记者十分焦躁，说他接受了报馆馆长的任务什么的，一个劲地劝说、哄骗，银子仍然缄口不语。正在这当儿，藤子从练功房走出来，银子马上过去抱住藤子的脖子：

“阿藤，跟我一起去好吗？”

“欢迎。”藤子周到地跟记者打招呼。

“去喝茶好吗？”

“好，成。”

“走吧。”两个人搂肩搭背，晃晃悠悠地离开了练功房。

后台的女墙外面，已有一位年轻男士在等候。

银子说过，她不知道自己一个月的收入是多少，这点是千真万确的。父亲每月都来借两三次钱。银子十分讨厌，不跟他见面。父亲也很少到后台去，只是偶尔从会客厅的一角，远远望一下舞台上的银子就回去了。他居无定所，因此银子也自然没有固定的居处。练舞到夜深时，她就跟大伙一起睡在休息室里，十天里那两三天可以早点回去的晚上，也是到剧团内的演员夫妇家或舞女的家中借宿。银子乐此不疲，对方多数还是乐于接受她的。因此，在这件事上，她自然是缺少定性，往往忘记一个小时前的约定；即使没忘前约，也常常睡到后来相邀的人的卧室中去。不过作为整天跳得筋疲力尽的舞女，她的睡相不可思议地乖巧娇媚，入睡时脸上带着与白天判若两人的温馨微笑。

虽说如此，银子也有一张卧榻。这张床放在绫子家中，是一张老式的、结实的大床，床头雕饰着花卉图案。去上野赏夜樱回来时，四个人共寝的就是这张床。虽说是母亲的遗物，可说不定母亲还生活在世上的某处。她的父亲嗜赌成性，不干好事，可是在前来支借女儿的薪水时，还是留下一丁点零花钱，这样做是团长的好心还是父亲的爱心，银子根本不予理会。她压根儿没有自己的衣服与用品，没有任何女孩子的爱物。虽然一目了然的后台一片狼藉，就像陈衣房或杂物间一样，舞女们却例外地秩序井然。许是出于吝啬的占有欲，租来的人造绢丝成衣，以及其他场子用旧了的脏戏服，在使用期间舞女们都十分珍惜，根本不会把别人的东西误穿在自己身上。只有银子总是破绽百出，脚穿不对码的舞鞋出去，也成了她的家常便饭。旁边的绫子一一帮她清点，仿佛是银子的亲姐姐或女佣一般，对她照顾得无微不至。

银子还特别怯于跟舞迷们见面。当有人传信时，常常只是应答一声，就站在镜子前面挪不开步。身体与脸庞虽不那么显眼，但是由于脖子跟脚指甲积垢未除，只有在化妆方面特别认真细致。其他的舞女们往往忙中偷闲，去看看电影、转转小吃店什么的，这种时候，银子一步不离镜子，不仅毫无倦乏，还神采奕奕、目光炯炯地摆弄玉容，当然这也绝不是由于她缺少零花钱的缘故。休息室里她散漫无羁的所作所为，反过来证实了现实的冷酷与强劲。

诸如此类的事实，兴许具有使她成为舞女群中的舞花的力量。舞蹈编导中根一直带着恋人的眼神注意着银子，这一阵子开始感觉到她身上的柔弱之处。从十七岁开始，一到台上起舞，她的裸体就是柔滑而艳丽的，她的胸部与手臂柔软丰润；不过，从腰到脚，仔细看上去会发现伸展时过于纤瘦、不太对称，给人以缺乏平衡之感；而这恰是少女式的清纯爽洁、叫人爱怜之处，正好打动客人的心。不久，中根慢慢觉察到银子的身体虽然早熟，却发育不成大人的体型，令他十分无奈。也就是说除了让她了解男人之外别无他法，想到这一点，他带着一丝微笑，悄悄地劝说银子：转到有更好的编导的大歌舞团或是电影制片厂去。

“讨厌。”银子历来回答得十分干脆。不过，这只能视做她没有认真听取中根劝告的证据。但是话音里没有任何阴翳。

舞女们本来是没有进行基本练习的空闲的。团里直接把业余爱好跳舞的女孩赶上舞台，与其说是学习倒不如说是模仿，而且只要身体稍微能动的人都可成为演员。让她们跟着编导，进行三至四个晚上的练习，跳完五六曲爵士舞曲，就这样一个月内匆匆忙忙操练上三回。总之只要敷衍得过去就成了。中根为此疲于奔命，却从不说缺少舞女。不过，年仅二十七岁的中根，比起对舞女发脾气，倒是更常自己灰心丧气。起先，他对骨干男演员热心地诉说舞女们各自的长处与短处；但是过不多久，他便明白：谁也没有认真听他的诉说。不仅如此，他的话会马上传给那些舞女，女孩们也变得更加难以对付了。

于是不知从何时起，中根总把舞女们的闲话讲给银子一个人听。她没有泄露一点一滴给她的朋友。真是太不可思议了。虽然银子明白绝对不能泄露分毫，可是不知怎么搞的，中根总是预先就打招呼说：

“这是秘密。你别声张出去。”

银子就像听老师训话的小学生一样，一个劲儿地点头答应。

不过，她跟中根极为合拍，从没得意忘形地唠叨个不休，也没有向朋友搬弄是非。这并非出于对中根的好意才闭口不语，也并非为严守秘密而刻意为之。为此，中根对银子感到某种朦胧的爱意，虽然也不时有伤感；对银子说舞女的是非，使他心中感到舒坦，感觉不仅像恋人，更像是夫妻间的交谈。

排练时如果银子不在，中根心里就不踏实。

跟银子一起出去的藤子，听报社记者说给她买化妆盒，就进了化妆品店。这期间，她发现自己被人甩了，连常去的咖啡馆里也没找到他们三人，就马上回去了。从那时起约摸过了两个小时，已是十二点过后，当大家在舞台后面的大道具下喝只浮着几片菜叶、简直弄不清楚是什么汤料的菜粥的当儿，银子才上气不接下气地跑进来。

她麻利地解开斜纹棉哔叽腰带，同时骨碌骨碌缠在手上，然后搭到竖放在一旁的旧舞台布景上。

“来晚了，对不起！”她脸上没有一丝笑容，向中根低下头，身上套着练功服。

木村怀抱曼陀铃，从后台走了出来。

“你到哪儿去了？阿银，太出格了。”藤子埋怨道。在藤子身后，男人们以令人惊讶的舞台台词，奚落着银子。木村经过银子的身边时说：

“有什么大惊小怪的？银子要是心里有愧，脱和服就不会那样麻利……”

像是有什么消失了，大家突然不做一声。就这样，木村又回到后台。

由于银子回来了，她与木村的双人舞的编排就安排在第一个。木村虽然说过银子的舞蹈过于寡情，但是他进入剧团日子还浅，练习也很荒疏；作为银子的舞伴，他也不怎么理想。不过他化妆之后一站到舞台上亮相，从观众席的最后一排都能看得清少年深深的眼睫毛，当中有一种甘美的梦幻般的空虚，具有将强出好多的银子的舞蹈衬托得华丽耀眼的惊人效果。就是男性观众，听说也奇怪地颠倒了过来，不是为银子，而是为木村所吸引。总之，两个人的恋人舞显得天真又明快，人们对此习以为常。

可是在排练时，木村似乎忘记了中根，虽被银子的活泼所吸引，仍像一个遭到毁坏的偶人般慵倦疏懒。

“刚才我遇见花子了，她说不排练的日子还要去借宿。问我们下回还送不送她。”趁中根下到乐池跟弹钢琴的乐师商量的间隙，银子做了两三种舞姿，神情恍惚地说完之后，便径直消失在后台，带出来一张名片。

“先生，我见到了这个人。”根据她告诉中根的情况，报社记者跟名片上的男人答应把银子推荐到更大的舞蹈团，准备把她包装成红星推出。为此，首先得为银子组成一支后援啦啦队，而且会保证她一生的生活，让她学习音乐与舞蹈。名片上的男人任会长，会员全是社会名流与良家子弟。或许他可以跟银子结婚。

中根漫不经心地笑出声来：

“真是杰作。如果可以跟会长结婚，又有后援啦啦队，那么一生的生活保证是享受不尽的。”

“不过，先生，好像是个很纯情的学生哪。”

银子大大咧咧地信口而出，中根吃惊不小，盯着银子：

“那你怎么答复的呢？”

“什么答复？讨厌，这种事……”

“你拒绝了？”

“嗯。”

“说起来倒挺美的，不过也许是真的。那个学生肯定很认真，他是经过深思熟虑的，可能是阔佬的公子。”

“我不晓得。”

“报社记者兴许听了学生的奉承，受了他的委托。”

“讨厌。”银子嘻嘻地笑着，下颚都快抵到胸前了。

“不过，找到一条出名之路真不赖。”

“讨厌。”

“今后何去何从，你没有考虑过吧。”

“没有。我不懂得考虑什么。”

“这可不成，排练结束后，你在后台等我。”

“好的。”看到她诚恳点头的样子，中根意识到银子的心底隐含着对自己的好感，但是她是不想去大舞蹈团的。中根觉得银子这个女子并非尘世的俗客。

银子跟木村一起回到后台，趴到镜前不一会儿，只听见从三楼的寝室窗户那儿传来木村的咆哮声，“喂，起来！喂，起来！”从二楼窗户往上望去，只见木村从窗户围栏那儿探出胸来，望着下面大声喊叫。

五月的月明之夜，藤架上鲜花盛开。花架下的长凳上，好像躺着十二三个流浪汉。

“喂，给我起来！”木村把香蕉以及吃剩的寿司，噼噼啪啪直往藤架上扔。可是不见有人动一动的样子。

“你就歇歇吧。瞧你疯的，到底怎么啦？”银子趿拉着拖鞋，走上三楼。

蝶子扯落了晾在窗边的衣裳，从并排着的镜台里面钻出来，在休息室里满屋子乱跑。她只戴着胸罩、穿着短裤，如此穿戴竟跳到后门的木门外面。

“啊，下雨了。”就在抬头看天的当儿，她叫木村逮住了。像是可惜布舞鞋给雨淋湿似的，她吊在木村肩上回到屋里。他也没再去摁她。蝶子像抱着自己的棉被一般，手紧贴着脸颊躺下来。木村就坐在她的背上，用一只手翻开脚本，开始互对台词。

木村跟蝶子都比绫子与银子小一岁，虚岁十七。两个人站到一块，蝶子的身材只够得到木村肩部。

木村一个人怎么也记不住台词。绫子责怪他是因为根本不想记；银子也笑着羞他，说他是为了摆谱，显示一副叫人恶心的老内行的神气，才故意不记台词的。银子的嘲讽可谓一针见血；虽然他不大像少年，且当演员的日子也不长，但是一出场，总有一种不言胜负的随随便便的气度。

不过，在观众眼中，他不适合舞台这一点不仅根本看不出来，他局促不安的外行相反倒跟高贵的容貌相得益彰，创造出少年般的青春魅力。不过，令人奇怪的是，初演之日不分日夜，大部分的台词都要人在暗处协助，这一点已成惯例；可到了第二天上台时竟然能够没有任何滞碍地全部流涌出来。也就是说，排练时那么难以灌到脑海中的台词，一旦到了舞台上，又马上悉数记起。木村的这一点，文艺部的西林最为憎恨。不说十天轮演的紧张匆忙，也不论多少有点虚假成分的剧幕，演员把台词弄错本身竟反而成为一种即兴的幽默，真叫人苦恼万分；木村的这一特点，有绝对不容宽恕之处，有非用刀刃深剜之方解心头之恨的感觉。因此，在这次排演中，他带着未曾有过的恶意要整一整木村。

当然木村对此毫无觉察，没想过对手西林竟为自己内心的空洞所迷惑且深陷其中。旁观者看来，他仍像一个质朴纯真的少年，温柔的脸颊上染着蔷薇色，略含羞涩，西林尖酸刻薄的微词他一点也没听入耳中。

“哎呀，反正头一次上台就记得起来，排演时马虎一下算了。”他像女孩一般撒着娇，还用脚尖打着响子。

“混账！你以为自己还是个孩子，死不改悔的坏种。马上给我去死吧，怪不得演技老没有长进。”

“我根本就不想长进。”木村口气忽然冷淡下来，把脸转向一旁；他当即就挨了一记耳光。因此，为了应付明天的首演，他跟蝶子一起，想把台词背熟。

自己一个人把台词默诵下来，对他来说比登天还难。

蝶子马上从坐垫下面拿出自己的剧照，用歪歪扭扭的罗马字做着记号，把台词塞给骑在她背上读脚本的木村。

“我想睡了。不行，你这样子，像是读小人书，要更像表演一点才行。”

“这里又不是舞台。”

“你想吵醒我是吧？”她把紧缩着的脖子转过来，向上望着木村。这是“跟我接吻吧”的暗示。接吻游戏可谓人见人爱，蝶子就喜欢这种游戏。

木村的眼睛根本没有离开脚本，于是她说：

“我睡了。”

“不行。”

“你不是在看脚本嘛。我也不用做声了，一切都好好写在上面。你就当是我在说话，自己读出来就行了。”

蝶子用两只手抱住头，径直入睡了。

木村没有叫她起来，虽然如此，但也没从蝶子身上起身，只是用脚本轻轻拍拍在一旁修整眼睫毛的藤子的头。

“好了，拜托你了。”

“小孩子总要人照顾。”藤子蹭过身来，把接过来的脚本放在蝶子的背上。

“真热啊。太阳出来了。”

木村读着自己的台词，藤子一直盯着脚本，接受了他的请求。

“很奇怪是吗？我这样跟你做伴，跟你一个人读有什么区别呢？真是给人宠惯了。”

“不客气地说，在我的记忆中，从没有跟妈妈撒过娇。”

“啊，木村也有妈妈？你可是从来没有讲过啊。”藤子边说边摆弄着斜躺在一旁的蝶子梳理得很整齐的头发。

“木村，你跟绫子讲过，你说你喜欢睡着的女孩。你瞧，蝶子现在就睡着了。”

“没讲过。”

“少来，就是花子去投宿的时候。”

“是吗？那还是春天的事呢！这种怪事亏你倒记得。”

“你倒是马上什么都给忘掉。当时，你说过银子很薄情，这你不会忘记吧！是绫子告诉我的，银子听了脸都红了。银子还说，不过呢，那孩子是因为喜欢我才脱口而出的，她的神情非常不屑一顾，还咂了一下舌头。你真亏呀！从那以后，她有没有对你特别傲慢无礼过？要是不小心，当心会翻船。”

“你胡说什么？！”

“难道你不喜欢银子吗？”

“你是想跟中根结婚吧！”木村不耐烦地说。

绫子跟银子还在舞台上。戏好像将近尾声，高亢明快的爵士乐合唱声飘了过来。相形之下，后台异常静寂，就连隅田川上小汽船的马达声，也不时传入耳中。

木村到底喜欢舞女中的哪一个呢？舞女中又有谁最喜欢木村呢？藤子反复思忖。不过，乐意进行这种比较的只有自己一人，即对容貌、心地、舞台上的名声等进行比较；无论是什么，自己都有一分自卑感，比较本身就是证据。比银子和绫子长一岁的她，到底把这个孩子当成了什么，竟至想轻轻奚落一下木村。不过，她从没像蝶子一样让他坐在自己身上。对“性格开朗”这一剧团同事给她的评价，自己好像总是有意无意地受其牵制。无论如何，她是天生一副当不成领头羊的坏脾性；不过呢，木村这类人，老实说，只要不拿对待孩子的口吻对他说教，无论对谁都不会拒绝。看透了这一点的只有自己，仅此一点就足以叫大家目瞪口呆。为了掩饰骚动不安的内心，藤子仔细地把蝶子的头发分开，把玉白色肌肤上浮起的头屑吹掉。

“很可爱是吧？每当做这种事，我总是心疼得不得了。这孩子最好早点结婚。就照现在这副娇柔可爱的样子去当新娘。这里的男演员都跟她不般配。要是跟着西林先生就好了。蝶子是世上最好的新娘子。有点轻浮是吗？”

“干吗老操心别人的事。你自己马上就结婚不好吗？藤子才是有家庭观念的人哪。”

藤子蓦地直起身，又情不自禁地把裸着的膝盖整理好，想坐起来。她若无其事地笑了笑，一只手斜撑起，偷看着木村俊美的侧脸，眼神像是要避开寒冷的风似的。那般伶俐的绫子竟然吓唬木村，叫他别去接近银子，也许是因为这个少年身上有藤子看透了的动人之处。不过木村对自己的声音引起的令人扫兴的回响根本没有察觉，仍以单调的声音读着脚本。

唱着谢幕的歌，舞女们跑进了后台休息室。隔壁男演员的休息室也喧闹起来。

银子马上骑坐在蝶子的脚上，像是要从后面去搂木村，用手掌拍着木村的脸颊：

“记不住的东西，就是记不住。”

“好痛，好痛！”蝶子睁开眼睛，摇晃着双腿。两个人都挪开了。蝶子用手心遮着脸，好像要打哈欠，却躺着一骨碌滚到一边。

“真不像话！我的脚都麻了。”

“喂，银子，”藤子马上丢给银子一副小大人的神情，“刚才呀，蝶子想跟人接吻，可是这孩子一副佯装不知的样子，蝶子就只好睡了。”

“是吗？那么现在表演一下。”

木村猛地直直地盯着藤子。银子不知为啥，忽然嗓音娇媚地催促说：

“唉，表演一下，给我们瞧瞧。”

“想看吗？”蝶子立起身来。

“想看。”

“我让你们开开眼。”

蝶子嫣然一笑，用手掌捧住木村的下颚，从上而下轻启红唇。藤子沉默着，不像是因为蝶子，而是给银子压制住了。

“多谢！”银子轻快地说道，边用力拍打着藤子的后背，边走到自己的镜台前，重新涂口红。新涂的口红十分鲜润，仿佛绽开的花蕾。

昨晚一位客人带藤子去咖啡馆，交给她一张给银子的字条。银子看到这封信了吗？蝶子现在是替你在吻着木村哪！银子是想说这句话才打了自己一下的吧！藤子一个人胡思乱想着，忽然粗鲁地站起来。

反正这类信银子从不好好看就扔到一边。藤子没有机会交给她。

“啊！太阳出来了。真高兴哪！”蝶子一个人拍着手，从窗口仰望着天际。

正是六月的梅雨季节。

瓢箪池里的池水仿佛化满了青海苔。在人们只顾着过梅雨季时，真菌一般的水藻恣意蔓延，当真正晴朗的夏日阳光照射到这一角落时，才惊奇地发现，不知什么时候变成了这种颜色。

跟岸边布满灰尘的树叶比起来，是一片浓艳的霉绿。广告板上比实物大两倍的舞女的大腿，给午后的阳光一晒，显得光溜溜的。

在池子的一旁，花子嘴对着瓶子猛喝着放在冰块上的汽水，之后用流动售货亭的招牌红旗擦了擦手。

“喂，懒鬼，有你这样擦手的吗？”卖汽水的摊主把缠在头正面的头布当手巾，猛地抹了一把脸，扔给花子。手巾给冰镇得很冷。

花子嫌脏似的退后一步，顺势转过身，一看银子正好经过此处，就拖住了她。

“哎，现在就走吧！我有话讲。”

“你想去骗卖汽水的？还要利用我？”

“喂，你就答应嘛。”花子扯着银子的手臂，连拖带拉地走了过来。

“对了，兰子回来了。”

“讨厌，鞋子都掉了。”

“得了。”花子回头看了一眼汽水摊，放开银子的手，瞧着银子的脸色。

“兰子回来了。”

“是吗？”银子抬起右脚，隔着鞋子去搔没穿袜子的左脚上的痱子，一个劲儿地眯缝着眼睛。花子天真烂漫地向她挤挤眼。

“去一下后台，帮我化化妆吧。”

“今天怎么样？”银子淡淡地问。

白天，花子走过一家家戏院，在这家场子里讲那家的怪事，在那边又吹这边的内幕，以一副不像是十一岁孩子的庸俗口气搬弄着是非，装成故意惹人乐的样子，给人家跑腿，以此得到生计之资。跟夜间的小费不同，因为家里不知道，一切都成为这孩子的私房钱。甚至晚上生意时的妆，都是在剧院后台弄好才回去。

不过，花子为什么会喜欢银子呢？显然并非因为那种小孩身上的习惯心理、对戏院里的明星有贵贱之分的缘故。银子就算是汽水也不会请的，她从来没有尝试付过一次账。那副回头看一眼就会吃亏的神情，常遭人奚落。唯有化妆她会诚心诚意地襄助。不过，花子之所以让银子替她化妆，也并不只因为她想讨好喜欢化妆的银子。给眼睛发亮、热衷于此的银子摆弄着头脸，花子体会到一种匪夷所思的快感。一方面是出于好像想变成偶人的、承欢于母亲膝下的天真心理，另一方面是对成人式的自豪有充分的觉醒，对平日耳闻目睹的男女间的交往想大肆嘲笑一番。

“喂，化完了。别傻呆呆愣着，快让开吧。这可是舞台呀。”银子摸到连衣裙的袖裾，把它脱下来扔开，裸着肩膀推着花子。

“哎呀，脚都麻得不能动了。一直麻到这块儿来了。”花子摩挲着大腿根部，眼睛一眨不眨地盯着镜子中的自己。

“胡闹，小孩子说这种话会遭天打雷劈的。”

“啊哟，那是为什么？”

“喂，这是舞台台词。”

“哪有这种台词啊！”

银子一派冷淡的表情，开始往粉底上抹鬓发油。蜡一般的肌肤显得格外湿润。她就这副打扮喝着冰水。跟花子一起回到后台，卖冰的就马上来了；银子总是不爱用汤匙把冰片嚼着吞下，而是等全部融化了再大口大口地喝下去。旁边的绫子连这些小事也都替她操心，默默地清洗着银子用过的饮具。银子出奇地懒散，就算冰水流过抹有鬓发油的下颚，弄湿了乳罩，也要看上好一阵之后才去擦掉。之所以在舞台上看上去光彩照人，让人联想到在后台她可能不大检点，其实只是她没为其他杂事浪费丝毫精力，周围的人才败在她的脚下。这是一种不可思议、与生俱来的贵族气质。

“兰子回来之后，会去哪个场子？”

“去不了场子啦，谁都不要她。”藤子在一旁笑着抢答道。花子也不看她，而是凑近银子的耳朵，一本正经地小声问道：

“欸，你不去木村那里投宿么？”

“跟花子一起？”银子直勾勾地呆望着镜中的自己。

“不是。是银子你一个人去。”

“这是花子的主意？”藤子粗鲁地倒过身来，把一只手放在银子膝上。

“那样木村君跟银子就结婚啦。兰子回来一看，脸色会是怎样呢？准会很开心的。请吧，您哪。”

绫子从对面立起身来，转眼就抓住了花子的脖子。

“花子，是谁教你这些事的？”

“好痛，好痛。”

“为什么要说这种话？”

膝盖给藤子摇晃个不停，银子蹙起眉头；也不知道是什么风吹的，她把眼睛描得又蓝又大。

“藤子你也有不是。想去的话，只管自己去好了。”绫子出人意料地忽地站起来抢白。藤子也是冷眼相向。

“你对谁发那么大的火，我可真弄不明白。”

“花子最喜欢银子，才那么说的。”花子也给绫子的一本正经吓怕了。听上去是一副蛮不讲理、焦躁不安的语气。

“是嘛，”绫子好像在考虑着什么遥远的事情，“我最近慢慢怕起木村来了，也不知道为什么。银子你不觉得害怕吗？”

“不觉得。”

“倒也是！谁都不会这么觉得。不过……”

“都是大人了。怎么还把大家都看成孩子？”

“说来说去还是有点怕。”

“没有嘛！”

“银子，你要是不小心可就危险啦。那孩子跟谁都会马上去殉情的。”

银子若无其事地笑着说道：

“好像我跟木村君有相同的地方。”

“是啊。将来的事根本不操心。”绫子说着，想起这是文艺部的西林曾说过的话。木村与银子的存在，对他们自身来说是无意义的；对他人来说却有害无益。好像缺少领袖的白蚁地狱一般。小幼虫还在建巢之际，羽毛未丰；被吸进去、掉进洞中的任何生命，只要凶残暴食的蚁王不在，就不会被抓住，必定死得很空虚。

而且这种事情如果当真发生的话，绫子会更加怜爱银子的，会对她更加无话不谈。临近出场了，热心舞蹈艺术的银子打开放在房间一角的廉价手提式收音机，听着爵士乐，未穿戏服就旁若无人地跳了起来。旁边的人一副气不顺的神情，但谁也没有做声。

花子趁蝶子走出房间之际，从她梳妆台的抽屉里拿出招待票，吐了一下舌头就回去了。不一会儿花子来到对面的男演员房间，从那边传来了她学唱流行歌曲的声音。打着拍子，花子敲响了竹板，声音仿佛炎炎夏日黄昏将近时分前兆的虫鸣，跟人工培养的夜市里的秋虫的蛩音差不离。

一轮明月早早地就露了头。

木村仍穿着演出服，上屋顶的露台乘凉。一连打了好几个大喷嚏。绫子跟蝶子手牵着手也上来了。

“木村很喜欢屋顶哪。”蝶子把手绕到他肩上，手指碰到一个硬硬的东西。

“这是什么？”

“口琴。”

“口琴？太出格了吧！难道你口袋里装着一只口琴上舞台？”

“刚才有人送的。”

“是女孩子？”

“嗯。”

“给我看看。”

蝶子把口琴凑近嘴唇：

“还会响呢。给你口琴的，是一位怎样的客人，是保姆吗？”

“是一位小小的女学生。”

“你神经兮兮地瞧什么？”

“那儿在卖萤火虫。”

“是夜市摊吧！”

“通宵排练时，一大早我就上这儿来，不知何处会传来金丝雀的啼唱。真想回老家呀。”

“是啊，木村，你老家有金丝雀吗？”

“得了，蝶子。”绫子扯了一下蝶子的短发说：

“木村哪有什么老家。他是东京仔。有金丝雀飞翔的故乡到底在哪里呢？”

“住嘴。好不容易心情好了点。”

“木村有什么隐衷吗？是不是在想兰子回来的事？”

“没有。”

“为什么巡演途中就逃了回来？”

“孩提时代起我就讨厌旅行。”

对兰子参加旅行巡演不满意，这点早在浅草就传开了。不过木村不是为此而逃回来的。很明显他是要逃避兰子。依然大模大样地住在兰子公寓的他，在她回到浅草跳舞后，还会照样平心静气吗！木村斗胆扬言，以前他跟兰子生活在一起，但是他们之间什么关系也没有。即使是假装不知，十七八岁的舞女们看到讲这种话的木村的嘴脸，还是觉得恶心。但是木村的口气里有一种说不出的魅力，眼下对他的话全信无疑的人也多了起来。

“兰子回来之前，你搬一下家怎么样？她嘛，离开了也没关系，不会再到我们团里来了。”

“去哪里呢？”

“到我家也成。”

“有房间吗？占用了银子的房间，不大妥吧！”

“是啊。”绫子点点头，如果木村到她的家里来，银子跟木村就没有什么可令人担心的了；她心中盘算着“这样做一定没错”。可不知怎的却难以启齿。

“绫子，快过来；从这里望过去，萤火虫铺子，真是很好玩哪。”蝶子声音爽朗地喊道。

不过，到了翌晨，藤子铁青着脸色告诉绫子的消息是，银子提着萤火虫灯笼到木村那里投宿去了。

“藤子，你跟在她后面吗？”绫子双唇颤抖，正想对藤子发难之际，悔恨的热泪夺眶而出。

从剧团的入口往上、呈半圆形突出的房顶上，一群剑术演员一副舞台装扮出现在那里。看上去像是领队的人正声泪俱下地开始演说。大意是，今天本来是要开演的，可是上座率太低，演不成了，为此，他们舍身成仁，在此亮相，就是希望博得诸位戏剧爱好者的同情。他激动地诉说与剧团同生共死的决心之悲壮，其间甚至夹杂着有煽动劳资纠纷嫌疑的言辞，俨然一副幕府末期志士雄辩的派头。宣誓结束后，在掩着白铁皮的屋顶上，四五个人做起了武打动作。

这家戏棚子位于人群熙来攘往的十字路口，观众将狭窄的道路挤得水泄不通，对面大众食堂的女招待也排在屋檐下仰望着屋顶。这种不大景气的夏季淡月中可怜的宣传，足可成为第二天报纸上的新闻；但就是此等妙计看样子仍然无法令人驻足，挽留住观众，演戏的人只好一茬茬地走向农村，只剩下招贴画独守一隅。昔日盛极一时的浅草，听任昔日的招贴画板一天天色调剥落，就因为小戏院一家家都难以为继。不过旅行巡演归来的兰子她们，又使那家戏班开张了。

剑术演员们屋顶上的宣传，直至盛夏的过午时分；在斑驳不均、变成蓝黑色的粉底上，大汗淋漓；烈日照射的破旧廉价戏服，都显得有些疲倦；此时拔刀出鞘，挥舞一番，看上去反倒有气无力，叫人乏味。这一举动就跟受雇于破产店主的化妆广告员一样，将小戏院自身隐蔽于阴暗角落的衰运，暴露在光天化日之下。这也仿佛是兰子她们不振的预兆。短暂离开浅草之后，已经过了鼎盛时期的兰子的名气，就像季节不依人的意志悄然变化一般自然消失；既没有问候，也没有工作，她只能一天天地转悠在几家小戏班子里，这种身影中隐含着些微的凄凉。好歹有点模样的一家也像是一班拣稻穗的，自然没有长久维系的希望；与其说是回到了浅草，不如说是下乡之前的一场幕间休息。

何况兰子原先的丈夫趁她不在家时，隔三岔五到她的公寓，将她的衣物之类随意提走，使她眼下连替换旅行巡演时的脏衣的初秋洋装也没有。回来打听到的尽是烦心的事。她没有先回自己的公寓，而是怒气冲冲地径直奔木村的戏班子而来。

“您回来了。”“姐姐回来了。”小舞女们跟她打着招呼；这家戏班也罢，兰子自己主动退了出来，现在看起来反而显得累赘；望着后台守门人脸上淡漠的表情，她恶声恶气地提醒他小心点。

在后台与舞台的狭小的通路中，等待出场的银子抓着木村进行舞蹈排演。木村多少显得有气无力，打不起精神，可银子丝毫没有介意，一个劲儿地磕碰着竖立在她面前的大道具。兰子见此情形，心中颇觉反感，同时变得极为恐惧；也不顾出师不利，以一副略带奚落的语调问：“木村，公寓的钥匙在哪里？”

“啊，你回来了。”木村照例脸颊上泛起一层梦幻般美丽的蔷薇色，声音显得空洞无力。

“钥匙？我不知道什么钥匙。”

“你从甲府逃回来时，我不想让你为难，就把钥匙给了你，不记得啦？”

“呵，是吗？管理人那里还有一把备用的，我一点儿也不为难，这点我倒疏忽了。”

“那就希望你把两把都交出来。”

“我没有拿。你叫我怎么办？”

木村歪嘴不认账。这当儿，银子尖起了嗓子。

“把钥匙交给木村，实在是没有道理，他可是从来没有钥匙的。”她径直看着兰子。

“你就别讲大话了。你睡到我那里可干了不少好事。还死皮赖脸地提着装萤火虫的篓子。”

“那些萤火虫，现在还活着吧！”银子面朝玻璃窗涂着脸，用指尖重新化妆。兰子假装没有看见，不耐烦地说：

“全都死光了。木村可是从来就不懂照顾萤火虫的。”

“是啊。怎样才能养好呢？”

“木村，”兰子转过脸来，“竹田住在哪里？”

“我不知道。”

“你不知道？竹田三番两次来拿我的东西，你竟然坐视不理？”

“哎。”

“马上去竹田那里取回来。不然，就不准你踏进公寓的门。”

“得了。”木村茫然无措地应答着，脸上泛出讪讪的笑。在舞台化妆效果跟微明的光亮的双重影响下，他的脸上愈发现出一副少年的英俊之气，而且还让人感觉无依无靠。对这样的他，兰子怒不可遏，火气一触即发。这时，银子又冷不丁地吐出一句风凉话：

“衣服之类的，就那么可惜吗？”

“你说什么？”兰子猛地跳起来，一把揪住银子的头发，假发掉了下来，红头发缠绕在兰子的指间。兰子厌恶地把它甩开，同时吼道：

“你这个乞丐。”她揍了银子一下。银子肤色略深的手臂上冒出了血珠。假发上的西班牙发夹还留在兰子手中，就是它刺伤了银子。

银子用嘴吮着伤口，舌头静静地压着出血处，根本没有瞧兰子一眼，不一会儿她“呸呸”地把血吐出来。整齐的皓齿渗着血迹，与因为浓妆艳抹而显得略微发青的脸蛋交相辉映，看上去酷似一尊可爱的偶人。不过她脸上毫无表情，眉头一皱不皱，冷若冰霜。然后她用舞鞋挑起落在脚尖上的头套，倏地抛起来，接在手中，然后衔在嘴里。她用一只手压着玉臂上的伤口，甩着嘴中的假发，踩着舞曲的节拍，径直朝舞台走去。最终银子还是没正眼看兰子。她一言不发，只留下渐渐远去的背影。

兰子咬牙切齿，恨不能追过去把她杀了；无奈她发觉齿根发寒，直打战。自己太无聊了。本来她一直强作姿态，外表冷静，为的是轻轻奚落一下木村，不想竟把根本没有反应的另一个世界的人当成了对手；就连刚才跟木村讲过的话，回想起来，也恍若一派谎言，乏味无聊。

从兰子打伤银子，直至银子消失于舞台为止，木村一直一声不吭地看着，根本没有阻止的样子。他若无其事，朝兰子挤挤眼，然后也径直往舞台走去。

银子从未对舞台服装提出过异议。她不只是不希望有和服，而且时常一不小心就穿了别人的内衣，把手边的鞋子套在脚上。因为这些事情，所以兰子骂她是乞丐。不过，老实说，作为女演员，这样反而会在舞台上闪射出炫目的光彩，银子也许会成为一名着实厉害的女子。也许是因为身体单薄的缘故，兰子越想越当真，但是伤害银子，她并不觉得是做了一件蠢事，她明白直到夏天之前，曾经住过很久的后台，她是很难再进去了。站了不一会儿，一群舞女踏着散乱的步子从舞台返了回来。

她们看见兰子，一个个热情地打着招呼。其中瘦小的蝶子抓住兰子的手，把脸颊压到兰子的肩上。

“银子好像是受伤了。”

“是吗？”

“手上老是出血。银子对此并不在意，一直跟木村跳个不停。连绷带也没扎。”

“没什么大不了吧。”

“不过，她把手挥动起来时，血就会一点点流出来。绫子在暗处看见了，就悄悄示意，叫木村、木村。当两个人的身体挨在一起时，为了不让客人发现，木村用自己的衣裳帮她揩了好几次。”

“观众看得见血么？”

“我想看见了。”

“嗯。”兰子挤了挤鼻子，笑了笑，好像被某种无比寂寞的心绪压倒，抱住了蝶子裸露的肩膀。与少女的肌肤相触之感竟是那么不可思议。

“呸，这个坏蛋。喂，蝶子，银子已经年纪不小了，肯定是发疯了。”

“说不准。银子曾经嚣张地扬言，她会第一个生孩子。”

“是谁的崽？”

“讨厌。”蝶子扭动着柔软的身体，爽朗地笑着。

“近来，银子跟藤子，去姐姐的公寓休息过。”

“木村呢？”

“也在。”

“三个人睡在一起？你胡说什么？”

“木村嘛，木村从来是一言不发的。”

“是吗？”兰子赶忙从蝶子的身上把手抽出来：

“我还有点急事，请向大家致意，我还会来的。”

然后她就出了后台门。高空的秋风像是骤然降落似的扑来，席卷着地面，演艺街的街灯好像忽然暗了下来。

是夜，绫子等银子简单的舞蹈排练结束后，跟编导中根一起出了戏棚。

“起雾了。我的指尖都感觉到冷。”银子握着绫子的手并肩走着。绫子替她包扎的绷带也有点松了。

“不是雾气，是雾霭。”

“是吗？”

“兰子回来了。”

“嗯。”

“见过了？”

“嗯。”银子坦诚地点了点头，没有道出被发夹刺伤的事。看得一清二楚的木村不知何故也没跟任何人提起，绫子看见练舞的银子时，以为是给钉子什么的划破了手。

“银子你今晚住哪里？”

“去木村那里。”

“兰子不是回来了吗？”

“是啊。”银子直截了当地回答。绫子觉得仿佛受了侮辱：

“蝶子跟藤子也一起去？”

“不知道。”

一言不发地低着头的中根，有气无力地笑了笑说：

“银子，兰子已经到了公寓了吧。”

银子没有作答。

“喜欢木村了吧？”

“我什么都没想过。”

“撒谎。”

“是真的。”

“那么，干吗要去那里睡？”

“管他是谁，我讨厌任何人。”银子声音有点哽咽，中根吃惊地偷窥了一眼银子的脸，只见她已是热泪盈眶。

中根知道自己在讲蠢话，但还是情难自控。

“怎么啦？你干吗哭？”

他以为银子会反唇相讥，可是银子意外地点点头，沉默了起来。

“那些事情，我一点也不清楚。”过了一会儿，中根自言自语似的说。银子马上坦白道：

“我想绫子有事请教中根先生，才讲了这档子事。”

“是啊。”绫子心中不平，不甘服输。

“不过，并没有什么恶意。”

“我知道。绫子一直在想，要是跟中根先生结婚就太好了。”

绫子跟中根都冷不防地吃了一惊，一言不发地走了五六步。

“讨厌。”银子脱口而出。于是她迈快了步子，跟着他俩一起走着。

不一会儿猛然听到竹板的响声，三人回头一望，是花子。

她正受雇于盲歌手。花子靠在兰子跳槽的那家戏班的墙壁上，站在近乎痴狂的老人面前，应和着他沙哑的歌声，敲着竹板。看到他们三人，她调皮地吐了吐舌头，跑上前来。

“欸，你们是去木村那里休息么，把我也带去嘛！”说着攥住银子的手。绫子皱起眉头，

“兰子回来啦。会挨骂的。”

“嗯。还是去练习吧。”花子抬了抬下巴，用手指着不大整洁的戏棚的墙壁。

正值对面大众食堂的女佣们翘起屁股洗刷地板之时，她们把椅子胡乱地脚朝上摆在饭桌上，桶里的水都流到了路上。

绫子稍许犹豫了一会儿，抱住银子的肩膀：

“银子，我也一起去好吗？”

“你也去？”银子好像鲜花盛开一般喜笑颜开，快活地挥了挥手。

“再见，先生。”

“我会照顾她的，你放心好了。”绫子说话时一副老成相。银子也回望了中根一眼，脸上洋溢着略含嗔怒的清纯的微笑。

留在一旁的中根，头一次在心中浮现如是的念头：木村跟银子相配，其中定有可歌可泣的美好成分。目送着她们的背影，他接着想：不过，木村跟银子之间是在玩一场过分空虚的游戏，这一说法兴许不大贴切。他边走边思绪不断，忽然听到竹板声，且渐渐远去，许是花子追银子她们去了。

六区戏棚的小旗在风中猎猎作响。抬首望天，早已暮色四合。当天下午，大家都缩着脖子走路，柏油特有的光亮使人明白眼下的天气，却忘记去远眺苍穹。因此，当火烧云在空中飞渡，像扯起了金色的巨帷，反倒让人觉得不可思议。连小旗的红色都略显萧瑟。在天光尚余微亮的时分，绫子的父亲给他的小小提灯点上了蜡烛。

“好了，今天提早结束，有人请我守夜。”说着，他把给火挡风的手塞入怀中，掏出一条旧毛巾，慢悠悠地落座在看台前。

当他摆好看相先生的姿势，死者的老婆“哎呀”了一声，远望着他：

“唉，连菩萨也会觉得好笑的。过去的老朋友都已经归天了。”

“是啊，我讲的就是明治三十年的往事。”

“明治时候的事，对死者倒是比什么都虔诚地供奉。”女人谄笑了一声，卷起衣袂开步就走，又郑重其事地回转身来：

“我有件事想跟你谈谈。现在我还不会讲。”

相面人缄默不语，低着头把布满灰尘的相书摆放在看台上。

“我这个人嘛，是不会给熟悉的人看相的。看了也不准。”

“怪不得你刚才一直不看我的脸。”

“是啊。我只是讨厌看世人的脸罢了。”

“有道理。不过，你这点蛮好的。绫子这孩子倒是很老实。没有人不说这孩子好的。”

“不过，等她混出了名，立起了招牌，弟子会不断地来吗？说起习舞的人，自然是那些家道不错的人家的女儿跟求艺者。她只是大路上相面先生的女儿，挣点小剧院的收入……”

“不要瞎操心了。绫子会给你争气的。”

“说真的，她是有出息。”

“我那位跟以前的老婆，有两个有出息的孩子；死了以后，也没得到什么好报应。”

“是去向不明吧！”

“是啊。”

女人又叮嘱了一遍，说守夜时希望早点来，然后仿佛恋恋不舍地站起身来离去了。相面人没有目送她。从丈夫去世之日起，为了今后的各种事情心绪不宁，现在她消瘦下来，不只是因为作为女人，年纪尚轻，未及四十的缘故，还是由于没有确切的夫妻关系的男女生活的缘故。他边用挽着暖炉的手搓着冰冷的耳朵，边回忆起明治三十年间的往事。

新闻杂志阅览室、名酒酒店等纷纷开业，可以说预示着浅草踏上了日新月异、繁荣昌盛的大道。再加上跟吉原道的繁华景象交相辉映，这一切就发生在明治三十年前后。而且，当时正是人力车普及的时代。车夫们有着今天的街头出租车司机无法企及的好名声，生意也很红火。现在已经过世了的老人，他们中有人当过拉皮条的车夫，一直围着私娼馆源氏屋转悠谋生。回想起来，仿佛是一段古老的神话。已经在生意上帮不上什么忙，被纳为酒店老板小房的女人，在心底里还是一直指望着时来运转、卷土重来。思来想去，相面人觉得兴味不大。旁边鲜贝的汤味飘了过来。今晚真叫可气。于是他脱下头巾，站起身来，走到那口锅前，用松软的牙齿品尝着蝾螺串。

“您搬过来了吗？”悄悄拉着相面人衣袖的，正是女儿绫子。

“嗯，”父亲用指头掏出口中的蝾螺，“哎呀，那种木头，实在是很沉哪。”

“很结实。”

“她母亲，是外国人的小妾吗？”

“不知道怎么搞的，银子从不谈她妈妈的事。”

“一个帮过忙的人曾告诉我，她不是正宗的日本女人。从那张床头上的雕花就看得出来。好像是洋人躺过的。”

“我们四个人睡在一起。春天到上野公园看夜樱时，几个人一起睡过。”

相面人准备回到看相台，一转念，拿出蝾螺串：

“热乎乎的，来一个吧。”

绫子脸转到一边，窃窃发笑，摇了摇头：

“我常回家里。”

“把窗子抬起来吧。要是二层就进不去啦。房子阴气很重。朝北嘛。阳光一点儿也照不到。一张那么宽的床搁在那里，连坐的地方都没有。”

“说是她妈妈的遗物只有那张床了。”

“也许不是洋人的小妾吧。没有哪家旧家具店会买那种庞然大物的。”父亲在看相台上坐下来，“我听说过公寓里的一件怪事。房租是由兰子的老公，一个叫竹田的人支付的。他是个不务正业的懒汉。”

“竹田？”绫子抓住父亲台子的一端，马上松开了手，一副若有所思的神情。刚刚胡乱卸了妆的五官，跟被夜风扑打的老父亲很相像；虽然跟华丽的人造丝长袖和服极不般配，但是轻启的朱唇仍一副不折不扣的舞女模样，脸上的表情也活灵活现：

“兰子在两个月前，已经去了台湾。说起来虽然很可惜，可是银子跟木村这一对，是没有目标的步枪，她跟他们也没吵过架。凭一直走下坡路的兰子的实力，要撼动银子跟木村的名气，无疑是蚂蚁撼树。银子这个人，自己不能替自己做主，可是像做梦一样竟然一下子名盛一时，真可怕呀。旁人看来真感到可怕。”

“嗯。你最好不要去考虑这档子事。”老父亲咽下嘴中好像忘记了的蝾螺肉，似乎在回忆着银子的长相，眼睛闭了一小会儿。

“最近的演艺圈中，那种孩子可不少啊。”

“错了，”绫子好像大吃一惊似的，激动地摇着头，“我觉得银子很可怜，十分可怜，简直不忍心看她。可是在旁人眼里，只要银子一加入，我们在周围都显得可怜兮兮的。是什么原因，真弄不清楚。”

"名气是很可笑的东西。"

"才不是呢。兰子就说过：银子是一个冰偶人，不久就会融化的。"

绫子想起今年春天木村说过，银子的身体很冷。他这样讲之后，绫子好几次跟银子同床共寝过；银子肌肤还很凉时，却一个劲儿地发汗。银子出于爱化妆的怪癖，总是不好好洗澡，还湿着身子就要穿内裤，绫子看不过眼时，会帮她从背到脚揩干。

"冰偶人？"相面人突如其来地笑了。

"是啊，身子就是不大暖。"

"今晚雾气很重。雾夜客人很多。雾中的夜晚……"

绫子也抬头仰望天空。有人说过浅草的女人从不看远方的天空。

"不会下雨的。总之，那间公寓的房子我是不去的。"

"怎么啦，爸爸，我觉得银子是一个在某些方面很脆弱的女人。很危险哪。"

"老是操心这种事，真是没有办法。在这里，我也时常看见舞女们来。放肆地展示肉体谋生，这种交易从来是没有任何顾忌的。说起来，人的目光是一种毒。年复一年，这种毒针会把身体扎穿，就无法展现出自己本来的面相了。那孩子在舞台上看上去，判若两人似的美艳迷人。你认为这样好吗？"

"好？"绫子没大在意相面人的话，倒是更被他的语气吸引而被问得张口结舌。正因为是这种父亲的女儿，所以在舞台侧翼等待出场或在台上跳舞时，会忽然把目光从众人身上移开，觉得自己孑然一身。成为新娘跟成为日本舞的舞师，哪种对身体不利不得而知，但是由于身体羸弱，决定终生独自从事演艺事业。这不是女儿家的多愁善感，而是一种卑贱的、现实之极的算计。

“为什么下这么大的决心？”今年春天的一个早晨，当被一副孩子气的口气问及之时，绫子猛地惊愕过一下。她时常想起这回事。想不起具体的话，倒是记得像是舞台上的台词般的木村的声音，以及有对他人举动视而不见的怪癖的美少年冷峻的面容。

“我跟谁讲话舌头都不灵。”

木村虽然做了令人诧异却又恰如其分的辩解，可这种借口无疑是画蛇添足。像银子与木村这类的明星，在舞台上熠熠生辉的少男少女，他们的命运深处到底隐藏着什么，绫子越是思量越感到后怕。也许其中不乏透明清澄的空虚吧。

“朝霞跟晚霞，你喜欢哪一种？”绫子记得有一次经过言问桥，在隅田公园中穿行时，文艺部的西林问过这句话。公园里面，沿着铺着沥青的人行道，栽种着一行行小樱花树，它们好像水土不服似的。花树沐浴在夕晖中。从宽广的河岸远眺，青山于舞女们是何等亲切、珍贵。与其说是山，不如说它们跟暮色融为一体。舞女们异口同声地说，晚霞真美丽呀。只有藤子是农村长大的，她从未思念过那片山区的晨空。

西林不时提出些不着边际的事。当他问舞女们，你们谁准确知道自己的荷包里有多少进项时，立即回答知道的只有绫子一人。可是，这一回，银子的回答却迥然不同。

“我喜欢彩虹。”

“彩虹？彩虹什么时候才会出来？”

“不知道哇。天上随时都会有吧。”

“银子嘛，讨厌每天都活着。十分讨厌。”西林搂着银子的肩膀，迈开大步，走了五六步，银子抓住他的手，转了个个儿，二人合为一体，做出一副双人舞的姿态：

“彩虹是百看不厌哪。”

“不过，彩虹是会消失的。”

“是啊。”

她漫不经心地答道，取下贝雷帽，没有任何目标地挥舞起来。

为什么竟记起这种事情，当绫子思量个中缘由时，觉得自己很悲惨；与此同时，不知怎的，也可怜起银子来：

“她在舞台上耀眼得如同另一个人。她是当红的明星哪。这有什么不好吗？”她看着老父亲，可是相面人一副全然不知人间烟火的神情：

“该回去了。雾越来越浓了。”

“是啊。我想早点停止跳舞。”

“嗯。”老父亲像是点头同意似的垂下了头。

绫子那点可怜的薪水已成为生计之资。今夜叫相面人想起自己为其守夜的老车夫。还有因酒精中毒而浑身痉挛似的颤抖，在公园的小路以及杂物间讨食度日的源氏屋老板。相面人没有心思将他的死告诉女儿。

“可是，银子停止舞台生涯，是叫人不敢想象的。”

“竹田是个品行很坏的男人。他紧抓着兰子不放，接下来也不会放过银子，要拿她当摇钱树的。”

“那种事绝对不可能。银子会听人摆布，任人宰割？”

“房租不全是由竹田来支付吗？”

“那种事情，银子自己从不在意。她这一点可是很出名哪。”

“你真是个不懂事的孩子。”

“可是，银子在那所房子里什么也没有。连肥皂都没有一块。”

“只有一张床，是吧？”

“银子根本没有自己的房间的观念。在咱们家不就那样住过一阵子吗？”

“真不检点。”

电影院等买减价票的观众排成了队。浓雾也飘到他们当中。瓢箪池漆黑的水面上，浓雾像张开一层薄布隐隐而行。只有霓虹灯仿佛是光的残骸，虽被夜雾濡湿，似乎反倒显得光彩鲜明；乃至肉铺房檐下线条描的红牛，都带着充满肉欲的鲜活劲儿，沉浮于宇宙间。

“那个叫木村的小子到底怎么样了？你们不是说过他多少有点神经质吗？”

老人好像想一吐为快。女儿立即一板一眼地道：

“是时候了。下次再说吧。”

“今晚有事需出去一下，早点收摊吧。”

回到戏班中，绫子还在担心银子的事。在前往同一曲舞蹈的舞台里侧，她沉默地挽住银子的手。如是一来，确实宽心了不少。

可是，当夜晚落幕，大伙都到齐了，后台人声鼎沸、一片嘈杂时，坐在镜台前，只有银子一人竟然不见了。

银子是从不整理化妆道具与戏装，也不急着回去的。所以，绫子跟蝶子一起，一边整理银子的镜台，一边问起到底怎么回事时，蝶子语气轻松地说：

“肯定是在舞台上练习单人舞。”

“不脱戏装就练？”

“换服装麻烦嘛。反正她今晚要在台上练习。”

“银子会演电影吗？是不是去谈电影的事去了？”藤子来到镜台前，边脱鞋子边插话。绫子蓦地回头：

“中根先生。”她不由自主地叫喊着站起身来。

舞蹈编导中根正好经过走廊，可是他正阅读着手中的乐谱，所以径直走了过去。

绫子突然气上心头，连身子都发颤了。惊愕之际，用手拧了一下蝶子的大腿：

“我去跟木村打听一下。”

“好痛啊。”蝶子一副要流泪的样子，她迅即舔了一下手掌，把口沫贴到痛处。

木村四仰八叉地躺在男演员室的角炉旁，一只手烧着火钳，在木头旁边胡乱写着什么。

“嗡嗡的哇哇……”绫子读出声来。

“嗡嗡的哇哇，到底是什么？”

木村沉默地拔出火钳，迷迷糊糊地望着铺席上冒起的烟。绫子把它捡起来，插到灰中：

“银子呢？”

“不知道。”

“到哪儿去啦？”

“不知道。”

“不是刚跳过双人舞吗？”

“是啊。嗡嗡的哇哇。”

“你说什么？”

“我脑袋嗡嗡地直痛，胸中苦闷得很，只有哇哇地吐出来才会好一点儿。可是银子对此一点也不理会。”

“傻瓜，”绫子柳眉倒竖，“你去死吧。”

言下之意是，你就是这样看待银子的吗？

“哎，”木村出神地紧合上仿佛美少女般长长的睫毛，“花子为什么那么迷恋银子呢。该不是同性恋吧！”

绫子腾地站起身来。

“我要把木村杀了。花子曾经这样不加掩饰地说。”仿佛一个人又说又笑似的，木村孩子气的声音直追着绫子而来。俨然吹自黄泉鬼府的阴风一般，令绫子感到透心凉。

为了找银子，她们离开了戏棚；卖伞人朝正下班的六区客户吆喝。这时候，刚才飘荡着的雾气沉淀了下来，浓得让人觉得在下小雨。

舞台练习一般是午夜十二点开始。她们首先去了公寓放着大床的房间，然后在往常去的咖啡馆转了一回；这之后，藤子像有意外发现似的叫道：“银子会不会在公园的茶室里呢？”于是大家默不作声地赶着路，这时蝶子哇地怪叫了一声，把藤子紧紧搂住。

“啊，可怕呀，好怕呀。”

藤子吓了一跳，直往后退。

“嗯，气味真难闻。”

屋檐下晃悠悠地挂着一排野猪。猪毛都给雾打湿了。这里是一家卖猪肉的大众食堂。

绫子也打了个冷战。

这一夜，银子最终还是没有回到戏棚。在这以前，她连一场舞台戏都没有缺席过，一次排演也没有迟到过。与其说她的时间观念特强，不如讲她嫌烦，有排演时是从不外出的。

舞台排练结束后，绫子一行人走出门外。这时，流浪汉已经在忙着收集饮食店门口的残羹剩饭，他们的身影乍看上去好像从寒冷的冰窟爬出来的。只有各处屋顶的侧面，映衬着薄明的晨光；那些朝不知何方飞去的观音堂里的鸽子，振翅时发出令人吃惊的羽音，强劲地回响着。舞女们疲乏的肌肤骤然冷却下来，好像另一个人的身体似的缩成一团，三人紧挨在一起，但是根本没有手挽着手的意思，而且谁也没有化妆。大路上的沥青给昨夜的雾气打湿，只有淡淡的朝阳照到的一侧，方显出浅浅的桃红色。

见此情形，舞女们放慢了脚步，七嘴八舌地聊起来。

“木村这人真怪呀。他好像感觉不到冷似的。”蝶子轻启小口，笑谈了一句，随即打了个哈欠。

“因为银子没来，他竟然很安然似的，在后台一隅睡熟了。里面一点暖气都没有。我担心他会着凉，就去叫醒他，他铁青着脸跟我讲，他不想演戏了，想进飞行学校，还说想在彩虹里飞翔。”

“彩虹？这小子，他没见过彩虹吧？！他见过吗？他是在模仿银子的口气。”藤子直言不讳地说。可是蝶子竟天真地接口道：

“若是驾着飞机飞进彩虹里面，木村会头晕眼花地掉到地上的。”

“木村这个人想当飞行员，却成了地铁乘务员。这难道不奇怪么？”绫子忆起往事，淡然一笑。这时藤子一个人话中带刺似的：

“怎么说他也是个英俊的小伙子。由于银子的缘故，昨晚中根先生对他大为不满。”

街道的远处笼罩在晨曦里。奔驰在无人行走的道路上的汽车，看上去仿佛是在宇宙间滑行。在这寒气沁人的黎明时分，冬天的夜晚仍笼罩在一片阴暗之中。

银子回去了吗？昨晚她到底怎么啦？公寓门口的玻璃窗上挂着几滴夜露。三个人都在挂念着银子，一打开房间的门就叫道：

“银子。”

“啊，在这儿哪！”

“跟花子睡在一块儿。”

“竟然不去排练，真奇怪呀！”

“好轻松啊。”

“银子，银子。”

“算了。让她睡好了。”

“真漂亮。”

“一个睡相姣好的女人。”

“真迷人。这么好的容貌。”

“还化了妆呢！”

“是舞台妆吧！”

“根本不是。”

“是跟花子一起回来的吧。”

“真冷哪！”

“谁去烧张报纸吧。”

“报纸还没有去取呢！”

“床都脱漆了。真不咋的。”

“房子也不行了。”

“银子，银子。”她们唧唧喳喳个不休，倒是花子先睁开了眼睛，她一个个地瞧了三人一番，微微一笑，接着又合上眼想睡，孩子气地搂住银子。就在这一瞬间，但见她脸色一变，抬起胸部，从被子的边角露出裸着的脚，在床上打了个滚。

“讨厌死了。真凉哪。银子真凉哪。”

舞女们为花子的悲鸣所震惊，不由自主地摸了摸银子的脸，原来她已成为一具冷却的僵尸。

大家猛地缩回来的手，又去摇晃银子的身体，喊着她的名字。不一会儿，三人到底在说些什么已经辨不清了。

不知是什么时候进来的，木村冷冷的影子站在门口。

“花子，花子，到底怎么啦？”绫子终于意识到花子的存在。

“不知道，我不知道。”

“躺在一起，竟然不知道银子死了。”

"我来的时候，银子已经睡了，我就一个人睡了，我想着叫醒她不好。"

"你是悄悄睡到她身边的？"

"嗯，嗯，嗯。"花子点着头，眼泪夺眶而出，哭成了一个泪人。

舞女们很快哭出声来。"快叫医生，快叫警察！"藤子慌不择路地喊着，直奔向走廊，与木村撞了个满怀。

"啊？！"绫子瞧了一眼木村，咬牙切齿地说，"木村，这到底是怎么回事？"

木村徒然地连连摆头。

"我不知道。我一直在后台睡到早晨，一直等着银子。"

从床上滚下来、一屁股坐在地上、裸着的膝盖颤抖不止的花子，这时径直爬过地板，将跟床一起打湿了的白色的药粉捡起来。

蝶子见此情形喊道：

"是她杀的，是花子这孩子。她在服毒。"

"不是我。"花子声嘶力竭地哭喊着，以一副不共戴天的仇恨眼神直盯着木村：

"我要把你杀了。"说着，像是要刺杀过去似的用手直指着他。

周围死一般的沉寂。

在一片沉寂中，花子晃悠悠地爬到床上，钻到被子里面，紧抱着银子，然后立即厉声嚎啕起来。

“不成，花子，快分开，花子。”在绫子想分开紧搂着银子的头的花子的手时，与其说是从花子温暖的手臂，不如说是从银子冰冷的手臂，流淌出一股强烈的可怕的爱恋之情。

“有验尸的人吧？！”

“她真的死啦？真的没救了？活不过来了？”蝶子胆怯地凑上前来看。

可是绫子好像对她的话置若罔闻：

“验尸官会怎样检验呢？”她像抓住救命稻草似的，声音颤抖着；从跟花子相对的一侧，她跟花子一样钻到床上，从银子的胸部直至脚边，轻轻地抚摸着。当她明白银子全身上下整齐不乱时，忆起银子的睡姿总是如此妩媚；这时，她仿佛悟透了什么似的，沉浸于浓醇似血的爱怜之中，哇的一声紧搂住银子。

木村仿佛一具活着的僵尸凭壁而立。

房间里，只有白布窗帘明亮得特别醒目，晨光还未降临此处。

一九三四至一九三六年

（汪正球　译）

浅草九宫鸟

一

橱窗内陈列着驮有小佛的白象。眼下正是浴佛节商品大甩卖季，四月一日起至十日止。

浅草松屋百货店三楼的窗户，木屐带宛若在绘画颜料货样棚里一般摆放着。窗外的船只就在这美丽的景物前驶过。白色的海鸥展翅翱翔。

时值隅田公园内幼樱初绽花蕾之际，七楼已经摆放好五月偶人。陈列场的里侧是旱冰场。再往里则是松屋运动休闲馆。

六楼的九宫鸟今天也在叫唤：

“绫先生！绫先生！”

是阿岛教它这样叫的。在往来于六楼的美容院时，阿岛花费了大约三个月的时间来调教它。

就在不久前，阿岛叫住一名售货员，对她说道：

“这只鸟儿会说的单词，你们可是写落了一个呀！”

“是吗？”

“除了这些以外，它还记住了‘绫先生’这个词呀！”

悬挂在鸟笼上的纸片上写着“你好”“有意思吧”“鹤龟、鹤龟”等大约十个人类词语。阿岛用红铅笔在这些墨色已经陈旧的词语后面添上了“绫先生”这个词，之后便不屑地看了店员一眼，面带微笑向美容院走去。

具有山手高级住宅区大小姐范儿的阿岛，将发型梳成银杏叶发髻后，再次从九宫鸟面前走过并离去。

小鸟、花卉、园艺用品卖场的店员全都认识她。一个将自己化装成百变女人的女性，一个经常伫立在九宫鸟前的女性。她在喃喃自语地对鸟儿嗫嚅些什么呢？然而没有谁打算靠近听个究竟。因为她太美了，就像是一朵簇着冷艳花瓣的花。

不过，宛若黑鸟一般的九宫鸟，今天也一如既往地凶兆般大张着它那黄色的鸟喙，重复着阿岛教给它的词语：

“绫先生！”

绫吉则在阔别东京三个月后回到了浅草。

在旱冰场一侧的窗边落座后，他慨叹道：

“简直变得跟他妈大阪一模一样啦！”

他一边俯瞰大川，一边回想起截止于昨日的大阪生活。两岸的水畔公园、吾妻桥、东武铁桥、言问桥、本所地区弥漫在樱花时节淡云密布的天空的煤烟，这一切都与大阪的中之岛或堂岛一带的景色相似。

自己是在怀恋大阪吗？是在怀恋古老的向岛吗？他的视线

倏然离开了淤塞的河流。只见一个毛头小鬼上半身探过旱冰场的栅栏，正在向这边观望。那小家伙似乎肯定了自己“没错，就是他”的想法，一个劲儿地向绫吉颔首示意，并露出两排肮脏的牙齿朝着绫吉微笑。原来是松竹剧场前自行车存车处的梅吉。

即便绫吉向其使眼色，暗示他自己身边有女伴，梅吉也未能察觉。无奈，绫吉只好走上前去。于是梅吉开口问道：

“您什么时候回来的？”

“你每天都来偷东西吗？”

声音之大令梅吉感到愕然。

“您说什么呢！我今天可是第一次到这家百货店来滑旱冰的。”

接下来他便压低声音说道：

“跟您说吧，方才呀，我从这下边走过时，有个家伙在喊‘绫先生’呢。吓了我一跳，一看原来是九宫鸟在叫。”

“是吗？”

“您不去听听吗？我这就去把旱冰鞋脱下来。”

“那你就去把那只鸟儿给我偷来好了！”

“瞧您，又来了！”

“不费吹灰之力不是？”

“是说偷鸟吗？”

“你代我向那只鸟儿问个好。我这一走，整个浅草的女人全都在念叨我，所以鸟儿也就跟着学会了吧。”

“那我就叫您会会那只鸟吧。”

“你小子，怎么还是个木头疙瘩呀！我这有伴儿呢！”

在绫吉起身离开的长椅上，照例坐着一位乡下姑娘。梅吉惊愕地说道：“嘿，刚一回来就勾搭上了啊！”

“是我被她勾搭上了好不好？再怎么刚从大阪回来，也不至于做出让小毛孩子看不起的事啊！是对方挑上了我，有什么办法呢！一回到浅草，就被这种女人相中，而且还碰上了你小子，真够晦气的！”

“作孽啊！”

说罢，梅吉便把旱冰鞋的轱辘弄得嘎嘎直响，穿着灯芯绒上衣的身体优雅地倾斜着，向对面滑去。

“姑娘，我来帮你拿行李吧。”绫吉说。

“都是些替换的衣裳呀。”

照例是用棉布包袱皮包裹着的大包袱。

“如果不快点走的话，天就要黑了。”姑娘说。

“天反正是要黑的。提起阿佐谷，那可就不是东京了。那里是东京的郊外呀！要换乘四五趟电车呢。”

“啊！那可怎么办啊？”

“而且姑娘你要见的那个人，又是一个别人家的女侍对吗？”

“是的。”

“这大半夜的赶过去也是给人家添麻烦。我有个朋友就住在这附近。今晚到那里借住一宿，明天早上早点儿出发就是了。而且你要是找不到合适的工作，我也可以帮你找个地方。这一带我有很多熟悉的中介。”

“那就拜托您了！”乡下姑娘战战兢兢地仰视着绫吉。

“这也是缘分啊。在东京要是不小心，说不准就会被什么坏人给骗了。”

“在我们村啊，人们也都这么说。”

“我说对了吧。还有啊，如果去做女侍的话，可就不能随便出来了。浅草或许再也来不了了。你就好好参观一下吧。”

说罢，绫吉便将脸扭向一旁，未免有些忍俊不禁。

这个乡下姑娘，是绫吉方才在东武铁路候车室捡来的。

浅草松屋百货店有一条直通地铁站台的地下通道。

二楼则是东武铁路的始发站和终点站。售票处位于一楼正面入口处。当时绫吉是乘自动扶梯来到二楼的。右手边是候车室，桌子上贴着“请保管好随身物品”的纸条。绫吉在桌前落座后，点燃了一支香烟。就在此时，一个坐在不远处椅子上的乡下姑娘特意站起身来问道：

“请问您，阿佐谷远吗？”

姑娘的头上是刚刚梳就的土里土气的桃瓣发髻，涂抹着厚厚的发油。肩上是一条红色薄毛呢和服衬领。萘酚染料染就出花纹的和服，外面虽然很新，里子却已经褪色。绫吉马上观察了一下对方的脚——一双难以言喻的美足。土黄色的脂粉涂抹得很不均匀，肌肤却相当白皙。为了从头到胸打量一下对方，绫吉以窥望般的姿势站起身来。他苦笑了片刻，之后说道：

“我领你去好了。”

本应乘坐电车的姑娘跟在绫吉身后来到松屋百货店的三楼。她满脸茫然，做出以为只有在松屋百货店楼顶才能够乘上市内电车的样子。

当他们走进滑冰场后面微暗的通道，眼前呈现出一片阴森的景象，简直就像是西方世界后街陋巷里的游乐场，令人难以想象这里是百货店的七楼。

就在眼前左侧，立着一块油漆板广告牌，上面写着：

各位顾客，玩玩摔陶器如何？摔陶器与投铁饼一样，根据投法的不同，有时能投得很远很远。充分享受那飞向远方的素陶器被摔成粉末的瞬间，这便是城里人的感觉。一枚一钱。

进入房间后，映入眼帘的是人造樱花垂幕。旁边写着下述内容：

总而言之，恋人也好，工作也罢，请您专心致志地许愿祈祷，将素陶器投掷出去！

正面则写着与素陶器碰碎处有关的游戏规则：

第一项与第二项机会多多。因此，如果一、二两项能够过关，一九三二年绝对是您的福运之年。

一、从驹形障碍物中央的大轮之间穿过；

二、击中最内侧的形器具；

三、击中从天井中央垂吊下来的障碍物；

四、投进右侧圆筒的红光之中；

五、击中圆筒旁突出的四角形障碍物之一。

在上述障碍物的下方，堆积着小山一般碎成粉末的素陶器末，给人以一种类似建筑物毁损后的荒芜之感。从那些并无气味的素陶器碎末之中，散发出一种阴郁的虚无气息。

走出摔陶器场地后，旁边是摔炮游乐场。

您大概正在为寻觅不到发泄无法忍受的郁闷不满情绪之忘忧所而发愁吧？醉意蒙眬后踢翻餐桌之类的做法早已过时了。摔破十个素陶球试试看。离开这里时，您一定会神清气爽地吹起口哨。

“嗯，可不是！纯他妈的戏弄人啊！”

话音刚落，绫吉便走了进去。

请您竭尽全力将素陶球抛向机器人或彩色罐。素陶球被撞得粉碎后，立刻就会变得神清气爽！如果能够击中机器人身上的黄铜圆盘，机器人立刻就会哭泣起来。五个十钱。

所谓机器人身上的黄铜圆盘，就是指安装在镀锌铁皮机器人左胸上的那枚圆盘，亦即心脏。而右手的架子上则摆放着彩色石油罐和啤酒瓶。

店内当班的姑娘只有一人，脸上写满了无聊。

“今天没戏啊。”

姑娘冲着绫吉莞尔一笑。

“看来今天没人发脾气啊。”

“昨天客人可是蛮多的。”

“得嘞！”

说罢，绫吉便买了十个摔炮。

“我就抛砖引玉给你留个发火的种吧。”

绫吉将一个完全握进掌中的素陶小球用力抛了出去。彩色罐发出令人生畏的声响。素陶球碎作一团烟雾。再来一个！与其说神清气爽，不如说犹如樱花时节淡云密布的天空一般茫然若失的心头反倒产生了一种焦虑感。每当他投掷出一个球，往昔某一可憎的记忆片段就会浮现在脑海里——往昔的恋人、往昔的浅草、往昔的家庭。球的响声使绫吉身后立刻聚集起一大群人。他真想依次从侧面敲打那些人的脑袋。他们的表情是何等的愚昧啊！在抛出最后一个球时，绫吉抱着包袱的左腕猛一用力，指尖触到了一个坚硬的物体。

绫吉迅速退到人群后面。

“姑娘，你警惕性可够高的呀！”

随后，绫吉从正面紧盯着茫然若失的姑娘的脸说道：

“甚至连手枪都带来了呀！”

“哇塞！”

下意识地说出这种城里人才使用的感叹词后，姑娘不禁张大了嘴巴，不知道该怎样掩饰才好。

“手枪？您是说那种小枪吗？”

“姑娘，你的牙齿蛮漂亮嘛！”

说罢，绫吉便向划船练习台方向走去。

摔陶器场地对面是赛艇场地。长长的水槽内漂浮着两只小划艇。只要转动水槽里侧的舵轮，划艇就会向前行驶。

摔炮游乐场的对面是划船练习台。同样也是两只船。摇橹后，立在正面的温度计式样的偌大仪器的指针会竞相上升，以显示两只船的竞赛成绩。

划船练习台的旁边是室内棒球场。攻守各三局，价格为五钱。玩法是利用气枪的软木球子弹射击本垒上的木球。八名内野手和外野手叉着表示防守区域的黄铜双腿伫立在前方。球若碰到腿上，便意味着射手出局。

“跑垒员一垒！跑垒员一垒！第二击球员。第一球准备开打。击中！击中！二垒地滚球！击球员，出界！跑垒员，出界！双杀……”

一个正在玩竞技游戏的女人以无线电播音员一般的嗓音喊叫着。声音在阴郁的运动休闲馆内持续回响。聚集在这里的人最多。

摔炮游乐场的旁边是滑雪保龄球场。滑雪保龄球场的旁边是台球场。只有这个游乐项目不是模仿竞技，乃是真正的台球游戏。

室内棒球的前方是臂力计、握力计、棒球击球测力计以及自行车竞速场地。

两侧排列着上述游乐场所的走廊尽头是休闲茶馆。

绫吉伫立在那里观看室内棒球比赛。乡下姑娘摆弄着包袱皮在他身后说道：

“我没拿什么手枪。”

“可是包袱里却装着像是手枪的东西呀！”

“那是剪子。”

“剪子？”

“做针线活用的剪子。”

“你会裁缝活儿啊？”

“是的。从学校出来后我先是学了三年裁缝。后来就一直在家附近干点缝缝补补的活计。我讨厌干农活！”

“不过姑娘啊，你的手可是够细嫩的嘛！”

“是的。”

姑娘喜滋滋地颔首。

“那正好啊。接下来到我那里去，帮我缝补缝补绽线的衣服之类好了。反正我是单身一人啊。”

“阿佐谷远吗？”

“姑娘方才从包袱里拿出来揣到怀里的东西是剪子吗？”

“我什么也没揣呀！”

“是吗？我还以为又是手枪呢。”

绫吉咚咚地向楼下走去。在途中他给乡下姑娘买了一支富有宝冢歌剧团情趣、唤做“街头艺人”的花簪。白光闪烁的金色簪子上镶嵌着玻璃球。

“把这个插在头上！作为你在浅草走丢时好找的‘标记’。”

姑娘死死地盯着绫吉，眸子深处闪烁着敌意走出了松屋百货店。

然而绫吉根本就未走向容易使人走丢的人群，而是从二天门进入观音寺院内。转到佛堂前以后，他走进了繁华地带奥山一家唤作松邑的小豆汤店。薄暮已经降临。

“肚子饿了吧？”

绫吉用鼻尖挤出一丝微笑。只是让姑娘喝了一碗乡下小豆汤，在那之后他就一直任凭时光流逝，即便过了一个半小时，也丝毫没有起身离去的意思，并且一言不发，似乎在等待赝品乡下姑娘焦躁起来。

“好静啊。”

绫吉哈欠连天。

姑娘如厕，许久不归。

绫吉脸色阴郁地来到外面。

一个肤色白皙、光脚穿着竹皮草履的男人正倚靠在小豆汤店的墙壁上。男人系着藏蓝色和服腰带，留着平头，未戴帽子，穿一身破旧且已经开始下垂的粗素条纹特等绉绸和服。男人一边轻轻地摆弄着和服下摆，一边揪住绫吉的袖裾向绫吉的肩头依偎过来说道：

“阿哥这浑身肌肉紧绷绷的样子可真酷！我对你是一见钟情了啊！”

“放开！”

“我不嘛！一起出去散散步吧。”

“我有伴儿！”

“是女人吧？”

“嗯！”

“女流之辈有什么意思啊？”

“没错！”

“那还说什么呀！走吧！”

话音刚落，男人便难以自抑地将软绵绵的身子倚了过来。在不远处树荫下的长椅上，坐着三四个男人，似乎是这个男人的同伙。他们也是在用女性语言交流。

“啊，对了！我有点事儿要求你。”

“哎呀！好高兴啊。”

“蠢货！你知道有个叫阿岛的女人现在在哪儿吗？”

“又是女人？讨厌死啦！”

绫吉的手被男人温柔地攥住，向前走去。

“让您久等了！”

姑娘追了过来。

她已经彻底换了一套行头，俨然一副浅草女阿飞的打扮。包袱也不知被她扔到了何处。

二

绫吉并未特别感到吃惊，他对姑娘不屑一顾。乡下姑娘看上去就像是浅草的不良少女。她是在小豆汤店的厕所里换好衣服后追赶过来的。

“妈的！”

看到绫吉有女伴后，那个娘儿们似的男人就像在躲避腐臭的猫尸一般，一边咂舌一边摆动着他那矫揉造作的修长和服下摆逃遁而去。见此光景，绫吉赶紧追上几步说道：

“喂！”

绫吉从衣兜内取出银币，对男人一阵耳语。

男人很快就从小豆汤店折了回来，腋下还抱着女人的衣服，甚至可以看到萘酚染料染就出花纹、已经褪了色的红色衣服里子。

“是它吗，阿哥？女人的衣服之类，真让人讨厌！我身上都起鸡皮疙瘩了呀！”

似乎觉得衣服很脏，男人肩头紧缩，用指尖捏着下垂的衣物，打算把它递给绫吉。绫吉用下巴指了指姑娘说道：

“是这个姑娘遗忘的东西哟！你就还给她吧！我说姑娘啊，接下来你去当女侍要是没了替换衣服那怎么行！再就是你为我换上了这套出门才穿的漂亮衣裳，我可不想辜负这份盛情啊！”

毕竟是女人，一抹红晕倏然浮现在她脸上，姑娘身上竟不由自主地飘溢出些许妖艳的娇柔。

观音堂后繁华地带奥山的树丛背阴处，出租车打折前六区欢乐街喧嚣明亮的天空看上去近在咫尺。这景色反倒令人感到莫名的寂寥。然而路上并非没有行人，姑娘不能就那样站着不接衣物。于是，她只好大大咧咧地伸出手去，嘴上却说道：

“请您别过分羞辱我好吗？”

说罢，便将衣物粗暴地抛向灌木丛。然而那块向下长长耷拉着的旧布，无法像松屋百货店的摔炮一样以迅猛的势头飞出。于是姑娘终于怒火中烧。然而此时绫吉已经和那个男人一起，疾步向公园后面言问大街的方向走去。看上去肌肤白皙的男人，其实不过与城郊小餐馆的女人无异，涂抹了白粉，化了一层薄妆而已。和那些为旅店拉客或兜售可疑商品的小商贩一样，男人一边走一边冲着绫吉点头哈腰，再三饶舌地劝说着绫吉什么。

姑娘的泪水流淌下来。

她拼命咬紧下唇，从二人身后追了上去。

“你想溜掉是吗？卑鄙的家伙！”

“对了对了，姑娘不打算去什么阿佐谷了，说是求我帮着介绍个工作，对吧？”

“我已经露馅了不是？而且已经认输了不是！可你居然揣着明白装糊涂，硬生生地欺负我……”

“不对吧？我还以为姑娘迷恋上了我，为我换上了压箱底儿的好衣服呢！”

“就算是那样，难道还不够可爱吗？”

“作为乡下姑娘，这可多少有些出格了。一个乡下闺女，怎么会如此露骨，如此大胆？真是令我大吃一惊啊！”

“你是在装傻吗？”

“再就是啊，把新扎的发髻故意拆开，看着跟个不良少女似的。这种做法未免有些周密过度了呀。”

“人家已经在哭了呀！”

绫吉停住脚步，缄默着。

“我觉得你不该这样做。如果是个多少明白点事理的男人，就不该如此这般地戏弄一个女人。当我暴露出真实身份的时候，你居然还在装傻，未免有些浅薄呀！你应该讥笑我说‘原来是这么回事啊’！这才像个大男人嘛！我是个直性子。有时候坏事也可以变成好事不是？”

“有道理！可是你呀，你就对不住你那帮同伙了不是？”

“蒙您费心！”

旁边那个肤色白皙的男人，用一只衣袖遮掩着嘴巴，既似嘲笑又似谄媚地笑着说道：

“阿哥呀，看来还是动不动就抽抽搭搭哭鼻子的女人好啊！回头我也去练练哭鼻子。您赏点零花钱吧！”

绫吉用力抓住男人伸出的手腕，说道：

“我还有事求你。你不是说你知道阿岛在哪儿吗？”

从浅草公园后身通往上野公园后身，从言问桥通往莺谷的柏油马路上，出租车的数量奇多。在绫吉等人的面前，已经有三四辆车宛如娼妇一般等候在那里。据说某位过世的学者曾对出租车做过如下描述：

“出租车就是献媚的机器人。”

又曰：

“那描画出修长曲线的轮廓，那光滑靓丽的车身，还有那通体柔韧的弹性——这一切都构成了它感官方面的诱惑力。当看似贪婪的男人在路旁站定以后，那轻快滑来的机器人便会扭动着娇艳的肉体停在你眼前。而享乐费仅仅五十钱而已。”

再曰：

“承认出租车的车身既摩登又煽情，这是自然而然的事情。”

诚哉斯言！

然而，正如某街道的娼妇会展现出某街道的性格一样，麇集在一起去往某街道揽客的出租车也同样展现出了某一街道的性格。比如，听闻浅草地带多有野鸡出没后，银座的客人便赶来浅草寻欢。可到头来无处寻觅芳踪。因为她们当中的大多数人，气质也好、服装也罢，都与银座人的想象大相径庭。从浅草田原町到雷门的电车大街，恰恰就与银座的主干道并无二致，只有空车等候在那里。当表演散场时，那些无法移动、重重叠叠排列在松竹剧场大街上的“一元出租车”群，便会沿着活动馆排出一列长蛇阵。这与等候出租车打折的那帮乘客的风俗颇为相似。

因此，绫吉等人拦下的出租车，不具有“修长的曲线”和“靓丽的车身”，而且目的地也不过就是屏风坂的天桥附近而已。乘坐的人也是，除了绫吉以外无人知晓自己将会被带到哪里，去做什么。

“你打算把我怎么样呢？”

“嗯，他们交给你的任务，应该是把我诓骗到隅田公园水户屋遗址一带喽？”

“哇塞？！”

“够老实的嘛！你这丫头。”

“无路可走了呀！从方才开始我就已经意识到了。”

起始于上野站的火车线旁的沿线公路，同样是宽阔的柏油马路。因为鳞次栉比的房屋都很简陋，故而夜晚宽阔的道路反倒奇妙地将周遭映衬出一片西洋风情，静谧得令人不快。这是新型平民区常见的风景。他们来到长屋尽头的一户人家。旁边是一家颇大的木炭批发店。炭草包从店铺正脸一直堆积到屋檐，门仿佛是开在炭草包的建筑上。

打开玻璃门后，玄关内一片昏暗。

“二楼要是闲着的话，借来用用。”

绫吉走进的茶室，自不必说，除了茶室外，只有楼下玄关旁的一个三铺席大小的房间。屋里很暗。茶室电灯的亮度也暗淡得大约只有十坎德拉左右。室内空空荡荡的，连个食器柜都没有。

一个看上去四十五六岁的女人，正坐在长火盆前自斟自饮。只有那个火盆被擦拭得溜光锃亮。在女人身后的白色墙壁上，挂着一把浅草北部吉原地区十一月酉日在鹫神社举行祭礼时使用的大竹筢子。那赤黄两色，仿佛就是恶德的象征。

肤色白皙的男人和姑娘，根据自己的人生经验立刻就判断出了这户人家的性质。因此并不和老板娘打招呼，做出一副一无所知的样子，跟在绫吉身后爬上了二楼。老板娘立刻锁上玄关的玻璃门，并把三人的鞋子藏在厨房地板下的储物箱内。紧挨着二楼楼梯口的是一个六铺席大的房间，只有这个房间亮得耀眼。在几乎令人瞠目的巨大屏风上，黏糊糊地张贴着讲谈杂志卷首画美人插图。

男人和姑娘不解地坐了下来，脸上骤然浮现出蔑视的神色。

“这里是我一个朋友的家，即便住下也没有问题。”

虽然绫吉的脸上露出了微笑，姑娘却依然对他不屑一顾，并貌似故意地伸开双腿坐了下来。

俄顷，老板娘走了上来。或许是习惯使然，面对客人她一言不发，端上廉价时髦的烟具盘与茶具。老板娘用一只手拿着亮度为五坎德拉的红色磨花玻璃灯泡，走向隔壁四铺席半大的房间，好像要从壁橱内取出被子。绫吉大大咧咧地站起来说道：

“姑娘，如果没问题的话你就在这里休息一下吧。稍微等我一小会儿，如果你对我这个人还有意的话。我马上就回来。”

“你要去哪里嘛！”

姑娘无聊地问，却不打算站起身来。

“我有点儿话要对这个男人说。然后还要到水町绿后援会开幕式上去露个脸。”

“水町绿？是那个演歌舞小品剧的女人吗？”

“是啊。”

“她是你什么人啊？”

“你管她是我什么人呢。你等我回来，行吗？”

“这个嘛……”

姑娘歪着脖颈，突然爽快地笑了起来。

“我等着！不过只等到十点半哟。多一分钟都不等！”

“你要是想回去的话，随时都可以走嘛！”

“你该不是想要把我当作人质吧？”

“哈！怎么说好呢？如果是的话你又会怎样？”

"我又会怎样？我不会怎样的！"

"喂，把方才那把剪子借给我！你把它从包袱里取出来放到怀里了。"

姑娘默默地把手枪递给绫吉。

"我们走吧！"

绫吉倏地瞥了一眼化着淡妆的男人，率先走下楼去。

"阿哥你常来这儿吗？房子不错呀！"

走出房间正门后，男人再度谄媚地向绫吉靠了过来。

"常来个屁呀！只不过是认识而已！"

这里是一个身份不明的人力车夫的家。那男人并没有人力车，整天待在雷门对面的明治制果公司门前，死乞白赖地纠缠过往的男人。不是知根知底的人，他是不会将对方带到自己家里去的。他在自家附近租借了某建筑物二楼的一个房间，将三个孩子安顿在那里。

两个儿子正在上中学，闺女则是某所靠不住的女校实用学科的一年级学生。总之车夫能够挣出这笔费用供他们。

车夫的老婆是个令人生畏的侃大山高手。这是她的挣钱工具。称之为外交手段也好，谓之为引人上钩也罢，总之她每天的工作不是去澡堂就是去理发店，而且不只跑一个地方，就像钓鱼的人要经常变更河岸地点一样。车夫的饶舌老婆是个沉屁股女人，每天扯着嗓门闲聊一些与时事相关的不景气话题，巧妙地将其他女性套进话中，询问她们是否认识身处困境的家庭主妇或女孩等等，并最终甩出自己的杀手锏。上了套的女人，不久后就成了她车夫丈夫的商品。

绫吉不曾玩弄那些女人。而且车夫也并未笨到要拉绫吉这种男人的地步，只是每当绫吉来到他家对他说“借你屋子用用啊”时，脸上不免露出无奈的神色而已。

“您提到的阿岛，是那家和服出租店的闺女吗？”

化着淡妆的男人甩着褴褛的和服袖子问道。

“是侄女，不是闺女。”

“不过，她可是那儿的招牌姑娘啊。”

“还和以前一样待在店里吗？”

“好像不在店里了。不过在公园里可以看到她。”

“怎么个打扮？”

“没个准儿啊！有时像个大家闺秀，有时像个舞女，有时又像个小妾。”

绫吉想，看来并没有完全和岛木屋衣裳店绝缘啊！

那是去年秋季的一个夜晚，观音堂周遭银杏的落叶被风吹起后，令人吃惊地横扫在经过那里的路人的肌肤上。栖息于银杏枝头上的鸡，也因为不安而在夜里打起鸣来。从小巷突然闯进和服出租店的绫吉一身西装打扮。

“不好意思。能否帮我准备一套看上去像是证券经纪人的服装？十万火急！”

见店内小伙计们的应对有些迟缓，正在长火盆旁编织女用毛线帽子的姑娘立刻一边任由毛线球骨碌碌地滚到自己身边，一边站起身来语气犀利地说道：

“那就请您赶紧到更衣室吧！不是打算立刻就换装吗？站在那里可不成！”

“求之不得！”

说罢，绫吉不禁被姑娘的话语迷住了。真是个善解人意的姑娘！

姑娘并未流露出怀疑的神色，迅速帮绫吉换好了衣服。手法娴熟得与戏剧服装师无异。

姑娘一只手抱着猫咪，另一只手拎着洋伞，在秋风中伫立在后门口眯起眼睛眺望着天空说道：

“有点下雨了呀。就是打伞走也不会有人怀疑的。”

这是在暗示绫吉：去吧，用雨伞遮住自己的面孔！绫吉之所以跑到这里来，是因为他打伤了人。

这便是绫吉与阿岛的初次邂逅。

如此这般走投无路的男人突然闯入虽然十分少见，但这里毕竟是浅草，不单会有怪异的男男女女怀着各类企图前来租借衣裳，在店铺里也会为客人换穿衣服，而且不仅局限于婚礼或葬礼。阿岛就是在这家店铺中成长起来的。她为店铺的氛围所沁润，打小就被熏陶出一流的衣裳哲学。身上的装饰即为恶之花。不知不觉间她变成了一个可以谓为变装狂的人。她的衣裳哲学不久后便渗入自己的躯体里，再不久便塑造了她的性格。

对二十一岁的阿岛来说整个浅草都是她的舞台。没有必要为出租衣裳担忧。

因为租用岛木屋的衣裳，所以只要阿岛还在浅草，绫吉就不必担心见不到她。

“您说的这个阿岛，应该是一个相当了得的不良少女吧？听说去年冬天因为这个女人还闹出过一场纠纷呢。”

对绫吉而言，说这话的小白脸已经没有什么利用价值了。正是绫吉因为阿岛与他人产生了纠纷，结果不得不逃到大阪躲避了三个月的时间。不过这个秘密没有必要告诉小白脸。

当二人走过合羽桥巴士站，六区一带明亮喧嚣的景象渐次呈现在眼前的时候，绫吉开口说道：

“或许今后还有求你的时候。”

说罢，他便从衣兜里取出一些钱递了过去。在毫不犹豫地和这个似乎对自己恋恋不舍的男人分手以后，绫吉走进了一家电影院地下室的咖啡馆。这是一家时而上映西洋影片、时而上映日本影片，而且既非松竹影院亦非日活影院的三流电影院。

“水町绿后援会会场”，正因为门口立着这块告示牌，反倒使建筑物显得有些寒酸。室内散发着不知是尘埃还是腐坏了的食物气味。桌上摆放着的，既有枯萎的鲜花，也有人造花。室内闷热，连灯火都显得有些褪色泛白。

房间内摆放着四五张方桌。私立大学的学生、小戏棚歌舞小品剧的演员等，大约三十人聚集在屋内。

正中坐着水町绿，两侧坐着她的两个妹妹。小妹妹也就刚刚十四五岁。即便如此，水町绿也还是穿着鲜红的晚礼服。似乎是借用的舞台服装，看上去有些张皇，脚上没穿袜子。

“啊，好久不见！如此这般三个人一齐露面，怎么有点像蹩脚小说里的开场白呀！好像在说，今后三姐妹的人生命运将会怎样呢？”

绫吉一边这样说一边走向桌子旁边，五六个男人恍若突然看见了出鞘的刀剑一般愕然失色，学生们木然扭过头去，水町绿则脸色苍白地站了起来。

三

四尺长的康吉鳗——此外还有许多海里的珍贵鱼类！

提起康吉鳗，未免有些寒酸。如果真有人为了观赏四尺长的康吉鳗而情愿付上十钱一张的门票钱进入那昏暗的水族馆地下室的话……

四尺长的康吉鳗哟！你这家伙就是为了替代这里的那些舞女才从大海来到了浅草哟！成佛升天去吧！

在斜对面的佛教青年传道会馆，“巡礼者礼赞与巡礼歌之会”的活动刚刚结束。欢乐街黄昏之际的天空看上去寂寥苍茫。正是梅雨季。

这个传道会馆乃钢筋骨架、白色砖石砌成。听到这，人们会以为这是一座现代风格的建筑。然而实际上它是一幢“日中欧折中”的房屋。按浅草寺和尚留下的记载，这座属于各宗联合的佛教青年传道会馆建造渊源如下：

> 传道之初乃是帐篷传道，地址选在市内交通最为繁忙且与罪恶近在咫尺的浅草公园。每年数月，历时五载，开展植根于佛教青年主义的传教活动。然而帐篷并不适合一年四季使用，且受阻于风雨，导致不少有缘人毫无意义地失去了闻法良机。故而于明治四十年发起宏愿，建设起一座新的雄伟殿堂吧！

据悉，殿堂竣工于明治四十二年。此外，据传闻，殿堂上的释尊像是“接受佛陀迦耶大塔的拥有者印度婆罗门玛哈坦法王的转让，经英政府允诺后不远万里横跨重洋运来日本的。其间经历了万苦千辛”。

总之，这座白砖佛堂毋庸置疑地成了明治时期的时髦建筑遗迹。

水族馆也同样毫不逊色，是浅草怀古纪念物。一个偶然的机遇使得爵士乐在此间开花结果，Casino Folies[1]剧团诞生了。歌舞小品剧盛极一时。

所谓“歌剧鼎盛期”，就是一个令人怀旧的浅草暗语。

而所谓的“Casino Folies 黄金时代”，不久后大约也会成为令人怀旧的暗语吧。

东京各报刊均于是年六月初做过如下记载：浅草名物 Casino Folies 已遭遣散！自草创起历时四载！

水族馆后的葡萄架乃是流浪者的居所。透过后台明亮窗户的缝隙，他们得以仰望华美绚丽的衣裳，听闻舞女们的歌声。这一切对于人生旅途的落败者而言，毫无疑问就是奢华梦幻的装饰品。然而那种宛若火焰消失后的寂寞之感，并非只属于这些栖息于树阴下的流浪汉。

戏棚正面的装饰灯并未点亮，写着康吉鳗云云的告示板看上去空旷寂寥。

康吉鳗与巡礼者之会，与昭和时代的繁华场所未免相悖。然而这个宛若人生背巷一般的产物，这个宛若时代黑暗街巷一般的产物，恰恰就是浅草悲哀的象征。

某歌舞小品剧舞女有曰：

“一边唱歌，一边咀嚼，一边读书。”

同时做这三件事的时候是最为快乐的。

---

① 浅草红极一时的轻喜剧团，1929年创立，因为川端康成的连载小说《浅草红团》扬名日本。

“当她们心情愉悦地舞动身躯时，也就忘掉了所有的心酸与痛楚。”

杂志记者在这些舞女的照片下方做了以上描述。

比如，在水町绿后援会开幕式上，巡礼歌的歌声好像可以透过灰色的墙壁飘逸到地下室的咖啡馆来。在枯萎的小苍兰花瓶里，听说栖息着四尺长的康吉鳗。

只是说这话时的季节距离梅雨季尚远，乃是早春四月。隅田公园里的樱花，落英刚刚散尽。自不必说，水族馆与其说是观赏珍奇鱼类的场所，莫如说就是一座观看歌舞小品剧的戏棚。

不过，除掉买零食的钱和脂粉费以后，手头便已一文不名。推迟支付地位卑下的舞女的工资，这在浅草无论哪家戏棚都是理所当然的事。即便头牌舞女水町绿的后援会也未能例外。

“怎么觉得这个结婚典礼够冷清的啊！”

落座以后，绫吉目光犀利地扫视四周。他的话也并非纯属挖苦。

水町绿姐妹对面的椅子正好空着两个。于是绫吉便在水町绿的正对面向她寒暄道：

“恭喜了！”

“谢谢！”

话音落后，水町绿的脸上浮现出一丝诧异的神色。不过，漂亮的女人在任何情况下最终都不会失去安泰的自信。

“什么时候回来的？你不是在大阪吗？”

“啊，有人往大阪拍了电报。”

“是吗？发生了什么事吗？”

“明知故问不是？电报上说你水町绿就要结婚了。”

“哼！”

“我可是急三火四地赶了过来呀。你应该领情才是。”

“是观音菩萨的鸽子打的电报吧？”

“好像是啊。现在诸位不都是以这样的眼神在看我嘛——就好像鸽子挨了豆粒枪子儿似的，一个个惊得目瞪口呆的！”

说罢，绫吉一边微笑一边扫视在座的人，并接着说道：

“快把新郎官给我介绍一下吧。离开浅草一段日子后，第六感有些迟钝，分辨力减弱了。”

“那儿就是新郎的位子，现在被你给坐上了。请把位子让出来好吗？”

“这可失礼了。哎呀，可是我面前既没有红茶也没有点心呀。从这一点看，新郎官应该是个相当懦弱忸怩的人呢！你配这人可是有点可惜了呀。”

一个貌似会议主持人、看上去像是手艺人的男子从桌旁插话道：

“刚刚吩咐过侍者了，立刻就上！”

“算了吧，一想到这位阿绿终于要结婚了，我这心里就堵得慌，什么都咽不下呀！”

“你还有完没完！这样做对诸位客人不失礼吗？”

水町绿眉头颦蹙，在桌子底下狠狠地踩住了绫吉的脚。

“但是，这可是在背后支援浅草女人的集会啊，即便多少想打听一下实情，也不会有谁大惊小怪不是？”

“我说，你是来破坏的吗？是来找茬的对吗？”

“我可不想被人小瞧啊。我此次前来只是想对你说一件微乎其微的真事。”

从方才开始，绫吉就一直注视着坐在水町绿右侧的那个姑娘。

“这也是你妹妹吗？”

“是啊。”

“什么时候开始登台的？”

“根本就没登台呀。这姑娘可不是任你取乐的那种类型。”

“我也那么想。那么好吧。”

绫吉突然将腕子伸到妹妹面前说道：

“赶快回去！为什么要到这种地方来呢？”

妹妹一惊，仿佛被人敲了一下肩膀。她倏地抬头看了一眼绫吉，绯红的面庞刹那间便吸引住了所有因绫吉的到来而感到败兴的宾客的目光，使大家感受到一种无邪的天真。她的指尖似乎正在颤抖。

水町绿的眸子里明显燃起了怒火。

“真事？你所说的真事是什么呢？”

“你理解错了！我只是觉得对不住你这个妹妹而已。你现在似乎正觉得单单对不住某一个人是吗？”

“你简直就是变态地胡搅蛮缠！让我在众人面前丢人现眼！你是想把我后援会的人全都赶走啊！真不知道你的对不住指的是什么！在我来讲根本就没有那种对不住的人。只有这一点我可以明白无误地告诉大家！”

“哪怕后援会的会员有一万，你也只能和其中一个人结婚！真正在心里面记挂你的人只有一个！只是不知道那个人今天是否在座呀！”

仿佛有意想不到的思绪涌入水町绿的脑海，她神情迷茫地低下头去。绫吉向上翻着眼珠，以闪电般犀利的目光窥望了一下在场所有人的脸色，而后说道：

“诸位，就此别过！”

说罢，他便起身离去，不再回首。

就在此时，一个貌似戏棚后台工作人员的人赶了过来。

“水町小姐。排练的时间到了。”

大约是有人向戏棚做了紧急汇报，说是来了个难缠的人。而此时正是十点，恰恰是演出散场的时刻。

水町三姐妹离开咖啡馆走向纷杂的人流，却刚好撞上吹着口哨迎面走来的绫吉。绫吉轻轻抓住水町绿小妹妹的肩头说道：

“丁香，去把坐在你左边第五个位子上的那个学生哥给我带来。就说你阿绿姐叫他。”

“你是说滨村？”

与水町绿属于同一个歌舞小品剧戏棚的丁香今年十四岁，是戏棚吉祥物一般的人气女孩，在这种场合下她依然像个吉祥物似的抬起头来望着姐姐说道：

“可是。”

“没关系的，丁香！你就赶快去吧。”

“喂！”

绫吉把嘴巴凑到水町绿的耳边说道：

“跟这个叫作滨村的学生哥呀，你老爹昨天借了不知是二百元还是三百元的钱。你知道吗？”

水町绿像是被什么东西弹了一下似的猛然后退一步，吃惊后的嗓门也变得高亢起来。

“撒谎！你这明摆着就是在威胁我！我爸爸是否能干出这种事来尚且不说，首先是他根本就不认识滨村！”

“话是那么说，可你是知道的，以后援会名义送的花环之类，钱可都是滨村垫付的。这是你老爹告诉我的。”

“欸？你什么时候见到他了？”

“方才呀。在后台门口。你那老爹也是个老实巴交的窝囊废啊。今天晚上他要把滨村叫到家里，然后让你回家，他想叫你亲口就昨天那笔钱的事向滨村道谢。可是你老爹难以亲自对你开口，所以我就替他到方才的会场上跑了一趟。”

“我不相信！我要去问滨村。”

“要问赶紧问。我可是跟你老爹约好了的，今晚得把你和滨村一起带过去。”

“不管滨村在哪儿我都要去问问他！”

接下来水町绿突然以清纯的声音说道：

“丁香，你去告诉滨村，就说阿绿姐找他。要悄悄地！”

二妹妹连招呼都没打，便隐身于茫茫人海中。

丁香则回到了戏棚内。

绫吉宛若一堵厚重的墙壁，默不作声、纹丝不动地抱着膀子坐在车内。右侧是阿绿，左侧是滨村。他只是飞快地看了一次手表。

十点十五分。

车子从合羽桥巴士站向上野公园方向开去。直到车子停在那个身份不明的车夫家门前，绫吉才开口对司机说道：

“请你下一趟车，到长屋尽头的屋子里去把二楼的客人叫来。”

姑娘从那栋房子里走了出来，当她像个过路人似的若无其事地就要从出租车旁边走过的时候，绫吉开口说道：

“喂，你上来！”

姑娘驯顺地点了点头，一副在众人面前无所畏惧的样子。她的脸上突然闪现出喜悦的神色。坐在副驾驶席位上后，也是背朝三人坐在那里。从肩头的抖动可以看出，她只是一个人像个孩子似的不停微笑着。

车子顺着铁道省铁路沿线的公路跑了大约不到五十米的距离后，停在了一座五层楼的宾馆前。

“请吧。”

绫吉站在滨村面前再度低头施礼，好像是在以这种方式让几个女人保持沉默。

“可是，我如果回去太晚的话……”

“就耽误你一点点时间。到我的房间里喝杯茶什么的。让车子在外面等着。阿绿好像有点事要求你，在这儿谈嘛有点……”

“是吗？”

学生哥惴惴不安地与绫吉并肩走进了宾馆。宾馆内的咖啡厅兼作了餐厅，旁边狭长通道的里侧是收银台。四个人彼此簇拥着挤进了电梯。

当他们站在三楼七号房门前时，绫吉把手放到门上说道：

“请吧。”

他先是把滨村让了进去，接着又向姑娘递了个眼神。在姑娘走进房间后，他便轻轻地关上了房门。随后便传来了上锁声。然而进入屋内的二人未能听到锁门的声响。

即便过了十分钟，也不见绫吉和阿绿现身。

“是住在这个房间里吗？”滨村问。

“你是问那个人吗？”

“是的。”

“大概是住在这儿吧。”

房间被收拾得有些煞风景，连个牙刷都没有，令人难以相信这里还住着人。透过窗户，可以看到黑黢黢的线路上信号灯在闪烁。远处可以眺望到上野站和广小路一带的广告灯。

时光逝去了十五分。

“哎呀，车子回去了。怎么搞的？”姑娘说。

滨村不敢正视姑娘。铁道省线路电车的声响反倒使室内的沉默愈加显得厚重。姑娘的脸渐渐僵硬起来，并且不再面对滨村。

“随便把这个、这个学生哥塞给我，自己却和那个女人……”

二十五分钟过去了。

滨村嗫嚅道：

“好像是方才那辆车子呀。现在又开回来了。”

三十分钟。

绫吉一走进房间，立刻就把手搭在滨村的肩上，像个少年似的亲昵地说道：

“失敬！失敬！让你等了这么久。阿绿正在床上哭呢。你听好了啊！她是在哭呀。哭出来就没事了。她是因为喜欢你所以才哭的。那个女人虽然看上去像是多少有点品行不端，可也不过是委身于那类戏棚的女人的另类护身术而已。她的身子是干净的！房间里是黑着的哟！你进去后切不可点灯！要悄悄地！一句话都不要跟她说！如果温柔地抚摸对方的肩头，那就糟了。因为她已经全都答应了。明白了吗？最重要的就是要拿出一股子猛劲儿！”

说罢，绫吉便像显示自己力量似的抓住滨村的身体，一边说一边走出了房间。

当绫吉回到自己的房间时，室内也是一片昏暗。姑娘正待在床上哭泣。

然而他在窗边坐了下来，一动不动地眺望着窗外明亮的夜空。

在另一个房间里，滨村在离开了女人以后，似乎才第一次感受到女人的存在。他为女人那激越的啜泣而震惊。

他用手摸索着总算找到了台灯，女人立刻蜷缩在明亮的灯光里。

“啊！”

女人并不是阿绿。

四

在绫吉一直坐在窗边，姑娘一直在床上啜泣的这段时间里，从上野站始发的最后一趟电车撼动着宾馆开了过去。

眼下只有没挂车厢的机车车头或没有亮灯的列车驶过。自不必说，即便白天它们也在运行，故而没有什么不可思议的。但是，在夜晚看去，总是给人一种夜间的怪物在行动的感觉。距离上野公园较近一侧的线路——铁道省线路电车的间隔时间也渐次变得越来越长。

也就是说，夜越来越深这件事，二人既像是知晓，又像是不知，完全沉湎于各自的思绪里。姑娘甚至可以一边哭一边思考。证据就是，每当从滨村方才进去的隔壁房间里传来的女人啜泣声变大时，姑娘立时就会止住自己的哭声，并从床上仰起身躯。

“你一直在看什么呢？”姑娘问。

“你知道东京最大的钟在哪儿吗？”

“哼！做出一副让人觉得若有所思的样子，我还以为你怅然若失地坐在窗前眺望景色呢。其实从方才开始你也一直在听是吧？在听隔壁房间的动静！”

“我在问你知道东京最大的钟在哪儿吗？”

“你也太冷漠了吧。那屋的人不是在哭吗？”

“钟在那里哟！”

“那个女人在哭，你却一直佯装不知！如果是那个学生哭的话你就该知道了！”

“你过来看呀。就在那儿。”

“又拿钟的话题来打岔是不？”

说罢，姑娘便从床上下来，并且噗地喷出一口烟。她一边有气无力地向前行走，一边以蔑视对手时那种尽可能低俗的姿态靠近窗际。

“说到钟的话，浅草区政府的钟也不小啊。”她说。

“看来在你的印象里，除了浅草以外，既没有更大的钟，也没有更大的世界了？”

“从传法院的庭园里就看得见呀。那庭园梦幻般地混建在古代被唤作大名的武士宅邸内。因为是建在杂乱无章的浅草地区正中，所以更令人觉得不可思议呀。不知为何，总觉得静谧得令人害羞，是个幽会的好地方。”

“这倒是让我听到了一个好消息！”

“不过只有白天才能进去的。还要在入口处填写住址和姓名。”

“这反倒更好了不是？也不必担心有便衣进来了。你们就可以在那里商量一些无聊的事情了。”

“因为可以看到混凝土建造的区政府大钟，所以那里还算可以令人联想起现在的这个世界。”

待姑娘走到窗际与自己并列伫立在一起后，绫吉指着上野站前的大楼说道：

“地下铁道商店，你听好了啊！地下铁道商店是六个字对吧？”

说罢，绫吉第一次将右手放到姑娘的脖子上，又将胳膊温柔地绕过去，开始用指尖往姑娘的左手心上写字。

“这样往两个方向沿着圆圈写下那六个字，恰好就可以代替钟的数字了。”

“是吗？”

姑娘像个孩子似的忍受着自己内心的动摇。

“可是，这不成了十四时吗？”

“十四时吗？马上就要十四时了。那就撤吧？”

“撤？接下来还要……”

“你真是个傻丫头呀！”

说罢，绫吉便用手腕压着姑娘的脖颈说道：

“最上面的‘地’字和最下面的‘店’字，用一个字不就够了吗？”

“可不嘛！真是的！可是，也看不到什么钟啊！”

“从这里是看不到的。那栋建筑物右侧几乎整个一面墙都是一个大广告钟啊。钟的数字是用霓虹灯来显示的。两根表针的长度会各有多少米呢！反正是相当长！我想应该是很重的。因此啊，由于重量的原因，我想从十二点下降到六点时，应该是多少会走得快点；而从六点往上走到十二点时，是不是就会走得慢些呢？如果表针那么大的话，为了对其进行调节，会是一种怎样的机械装置呢？其实我方才一直都在琢磨这件事。你这丫头还不是一样？如果一个月就堕落下去的话，想要回到原点就甚至需要一年的时间，而且需要百倍的努力。表针大概也是如此吧。”

“哼！你不配做这种说教！”

说罢，姑娘便想甩开男人的胳膊，意欲站立起来：

“恐怕要花费一生的时间哟！不过要想变成一个像你这样极

端藐视他人的人，恐怕也需要一生的时间啊。你从隔壁的学生哥那里拿了多少钱呀？”

“好像多少能给几个吧！不过那个学生哥对阿绿这样的女人束手无策的毛病大约也就治愈了呀。”

“是你指使阿绿那般追悔莫及地哭给学生哥看的吧？装得跟个处女似的！你是想用这一手来榨干学生哥的钱财吗？”

“言之有理！”

“还言之有理呢！我真是看错了你啊！”

“我自己方才也一直这么想来着。”

“阿绿这个女人可真够可怜的呀！”

“我们去吃点饭吧。”

“我才不呢！”

“那就在这里睡到天亮吧。”

“好吧。我在这等着。等着你再去寻一个那样的学生哥来。我也高明地哭给他看看！”

“托你的福，一时半会儿我好像不会缺少零花钱了！”

云云。

就在二人开着一些脱离彼此真实内心世界的玩笑时，隔壁房间的门似乎在忌惮深夜的静谧一般被轻轻地打开了。走廊里传来两个人的脚步声。

“哎呀！出来啦！”

姑娘再次突然靠近绫吉。

"没事的。你我之间不必装出曾有过什么亲密行为的样子，反正他们不可能到我们房间里来。"

果然如此，脚步声从他们门前经过，消逝而去。

"是回去了吗？"

"好像不是啊。如果两个人脸皮这么厚的话，也就不必借助我的力量了。"

说罢，绫吉突然面呈孤寂之色，既像是突然想起了什么而感到迷茫，又像是产生了悔意，还像是萌生了自我厌腻之感。

"如果有缘的话，我们就再次见面吧。"

说罢，绫吉在黑暗中用手去搜寻帽子，一边披外套，一边接着说道：

"对不起了啊！我并不是有意让隔壁房间的人干那种事，进而挑起你的情欲。"

"我也累了呀。"

说罢，姑娘跟了过来。

"咱们一边吃饭一边再慢慢聊吧。"

二人再次折回公园。

已经到了铺废报纸、流浪汉归宿以及歌舞小品剧排练的时间。正是春天的暖意即将使戏棚的檐下逐渐变成上等卧榻的季节。

池畔在露天商贩完全撤店后显得格外旷阔，河对岸占卜师的行灯稀稀拉拉地闪烁着。

在河的北岸，葡萄架下的流浪汉们在侃大山。在他们的近旁，患有痴呆症的浪曲艺人正一边用扇子敲打竹杖一边呻吟自语。声音从牙齿脱落的下颌泄出。本来一个听众都没有。在他身旁，阿比留长老将蜡烛放在八裁日本纸卷成的圆筒内，纹丝不动地伫立在那里抬头仰望，凹陷宁静的眸子斜视着苍穹。那对眸子看上去既严厉又迟钝，而且似乎正沉湎于冥想中。实际上，他可能并未思考任何事情，抑或正在向上界诸神所预言的精灵述说着什么。总而言之，那是一张常年伫立于露天夜晚中形成的面孔。

二人从那里向点着铃兰花灯的葫芦大街走去。他们横着穿过言问大街，越过浅草花街旧艺妓管理所和新艺妓管理所的分界线，前往吉原红灯区的东面。他们在静谧的葫芦大街走向唯一尚未打烊的餐厅——吾妻总店。这是浅草地区独一无二的通宵营业餐饮店。种类是牛肉料理。如果有谁在深夜或拂晓进入该店，总归不是前往吉原就是自吉原返回。这家料理店的女侍们熟稔针对这类客人的惯用术语，在待客之道方面颇有心得。

店铺的玄关处摆放着二三十只木屐，其实都是店家为了招揽顾客而使用的“托儿”。只要窥望一下店内就一目了然了，屋里根本就没有穿这种木屐来的客人。眼下也是，在绫吉二人走进店铺时，室内并无其他顾客。摆放在正门那儿的，怕是深夜游魂穿用的木屐吧。

“越是这种店，就越是不会要虚价，而且可以长久地一直坐下去。”

落座后绫吉又立刻接着说道：

“你想想看？是这样吧！妓院也好，可以招艺妓游乐的茶馆也好，到了拂晓之际就全都关门歇息了。而这里却是通宵营业，一分钟都不休息。如果客人想要不分昼夜地痛饮，就是喝上五天，喝上一年，只要一直这样坐下去，对店铺而言也绝对不会添麻烦，老板也不会赶人走。所谓的‘与日历无关’，说的就是这种地方。所以呀，你就放心待着吧。”

“你是说要在这里一直熬到大天亮？这就是你们痞子的犟劲儿。毫无意义的一根筋！”

“倒也不一定。只是如果待在这里的话，无论一起待几个晚上，都不会被任何人怀疑的。反正你这丫头是受了同伙的指令，来监视我并把我诓骗走不是？即便失败了，待在这儿的话还可以保住点面子。不过要是反被对方诓了出去，还跑到宾馆一起住下的话，那可就有口难辩咯！”

“你可真够卑劣的！你是在说你自己吧？如果是靠色相诱惑女人，捣鬼出逃的话，男人的面子也就丢尽了不是？”

“也有点这个意思。”

“我也是，不愿意今晚离开你一个人跑回去了。”

说罢，姑娘便往自己的杯里倒了一杯酒，却并不仰起脸来。

“我可以在这里一直陪你到天亮的。”

“你的意思是天一亮就要赶我走了？就像那些从公园的树丛

里走出来，抖搂抖搂被压扁了的和服腰带上的泥土，在朝阳下往脸上涂一层廉价白粉后就往回赶的姑娘似的？”

“看来我也确实有点不明事理了呀。”

绫吉直盯盯地看着姑娘说道：

“我很理解你今天晚上的感受。我向你道谢！告诉你的那些同伙，明天下午三点，在传法院的庭园里把事情做个了断。因为晚上会毫无意义地产生杀气，所以今天晚上就先填饱肚子，然后找个地方好好睡上一觉吧。别去我常去的地方，咱们找个世上大多数人都可以住宿的地方，这样就不会被人发现了。喂，你看没看过有艺妓陪酒表演的歌舞小品剧？”

“就是那种艺妓跳的糊弄人的舞蹈呗！”

“今天白天我遇到了一个负责歌舞小品剧舞台电气的电工。他对我说你去看看吧！据说比歌舞小品剧舞台演出更有意思的是，舞女只会往身上缠很少的一两块布在榻榻米宴席间里演出。她们会拎着放进了手电的小灯笼一样的照明器具登场，并把它挂在两腿之间。虽然趣味低级，但灯笼被拿出时从艺妓嘴里说出的话很时髦，说什么这就是照明！‘真没想到照明这个词都被普及到这种地步啦！’那个电工跟我说这话时看上去兴高采烈的。”

片刻后，绫吉在言问大街拦住了一辆出租车。

“方才呀。”

姑娘终于驯顺地窥望着绫吉的脸色开口问道：

“那个学生他们是怎么回事呢？”

“嗯，这个嘛！你能向我保证，对任何人都不会说吗？”

“能。”

“那女的并不是歌舞小品剧的舞女阿绿。”

“是吗？你用了替身？这骗人的伎俩可太过分了！”

“她是阿绿的妹妹呀。”

“你真让我无语！”

“我考虑到他还是个单纯的学生。此外，阿绿的妹妹也是一样，是个正经的好姑娘。那学生是个公子哥，死心眼儿。二人大概会成为恋人吧？能结婚也说不准啊！这对阿绿还没结婚的妹妹来说是件好事。反正她是那个女阿飞阿绿的妹妹，都说她家风不好，所以也不可能有什么好结局。如果一开始就找个正经学生哥做恋人的话，那还不是一件连想都不敢想的幸事吗？到了给自己人生做总结的时候就一切都明白了。我是这么想的呀。但转念再一想，又有点伤感，觉得好像有点做过分了。过后思量起来便有些郁闷。为了让阿绿同意这个做法我可是费尽了周折。连吓带唬。就这么个事。你也是，今天夜里就回忆一下自己的初恋男友什么的，一个人睡一觉吧！无论怎样我都对阿岛有些迷恋过度了。”

二人已经来到向岛的花街新艺妓管理所门前。

绫吉站在玄关前大声问道：

“可以观看舞蹈吗？”

“啊，请吧！”

被引领到榻榻米宴席间后，对方问绫吉：

“是看和服舞还是看洋服舞？”

艺妓来了以后，却说音乐以十一点为限。在那以后，留声机也好，舞蹈服也好，一概不准从家里带出来，因此舞便没法跳了。云云。

“什么？！方才在玄关那儿你是怎么说的？这不是骗人吗？要是这样的话那就算了！”

酒馆老板娘从绫吉的目光中似乎立刻就判断出了他是怎样的男人。舞女们膝行靠近室内一隅，片刻后便像事先约好了似的离开房间。

“方才已经吩咐她们去做准备了，请您稍候片刻。”

说罢，老板娘再次在走廊上跪地施礼。

五

“是看和服舞还是洋服舞？”

所说的和服确实是和服，这一点不会有错。但更容易理解的解释应该是：它是一种将被称作新式舞蹈的舞蹈服和艺妓的客席演出服进行折中处理的服饰。

这是一种集东西舞蹈之精粹于一体的新型舞蹈形式。听起来似乎很了不起，然而日本舞总是尊崇歌舞伎艺人或讲究师门，根本没有西方舞蹈的素养。所以说，这种新型舞蹈不过是掩人耳目罢了。自不必说，藤荫静枝、花柳寿美、花柳珠实等舞界大家跳的可不是这种舞蹈。向岛艺妓的舞蹈是浅草歌舞小品剧舞蹈编导业余传授给艺妓的。

因此，首先以河合澄子为例当最为妥切。也就是说，与其说模仿了日比谷礼堂一带的新颖舞蹈服饰，不如说是一种源于小酒馆或舞厅、面向外国人、具有官能性特征的日式服装。即便如此，若从艺妓穿用的日本和服角度考虑，也不能用人造丝来将就凑合；而就艺妓们所跳的非纯粹日本舞而言，亦非往昔的女侍或女工隔天随便拿来学学就可模仿下来。故而不知是否由于这个原因，和服舞要比洋服舞贵上两元。也就是说贵的是服装而不是舞蹈本身。

从这个角度讲，洋服反倒成了原始形态的东西。从身形方面看，不适合艺妓穿用。它看上去充满了野性的骨感，给人以一种浅草一带店铺中摆放着的十二三元一台的留声机的感觉。

艺妓们拿着那种便于携带的便宜货，纱线网眼粗糙的袜子闪闪放光。走廊的一侧便是她们这干人等的后台休息室。她们蹲在那里闭嘴咀嚼食物，更换衣物。胸部或腿部并未化妆。看上去活力四射。

舞毕，舞女伸出双腿说道：

“想看的是它吧！”

说罢便举起爵士乐唱片，拿红灯泡照着，让绫吉看那些横写的文字，表情煞是天真可爱。上半身只是罩着镶有闪闪放光玻璃球的乳罩。

绫吉带来的女孩毕竟是女人，或许是女人观看女人的裸体令人难以忍受，她竟突然不悦地站起身来，脚踏着微暗走廊上的衣服说道：

“已经够了！讨厌！过点了还这么闹哄哄的！”

不知为何，绫吉仿佛在心中听到了相距不远的言问河的潺潺流水声，遂将一整天的扫兴事就着裸体舞女斟下的酒一饮而尽。

进入姑娘的房间后，他便酣然入梦。

姑娘始终未能成眠，一直坐到黎明时分河面上响起内河蒸汽船的鸣笛声。这里的墙壁似乎也渗进了那种声音——在那家宾馆隔壁房间内哭泣的、绫吉说是阿绿妹妹的哭声。

“不知羞耻为何物的幸福偶人！”

但是，她又与所有的女孩相似，怀恋失去的偶人，那个已在自己体内消失的偶人。

“像绫吉或阿绿那种人，一边把偶人当作玩具，一边泫然欲泣，脸上充满了残酷的人情味！连我也被他们给骗了。”

她在心中暗忖。

阿绿的妹妹百合也同样几乎彻夜未眠。她在公园内踟蹰，在歌舞小品剧戏棚周边彷徨。

“他为什么一个劲儿地向我赔礼道歉呢？”

现如今她只是觉得悲哀。但实际上，她并不知道这是对目前的她进行自我安慰的唯一逃避通道。

所谓时间就仿佛是一个有感情的生物。总之，在她离开宾馆后的短暂时间里，莫名的悲哀已经聚拢在一起。姑娘变成了一个既不伤害自己，也不伤害男方滨村的纯美的不屈不挠的人。滨村在百合以往的生活里从未出现过。他是一个梦幻般的男人。

就像绫吉恐吓阿绿一样，阿绿也对百合进行了恐吓。

当她们惶惶然坐着出租车抵达泪桥附近小巷尽头的家后，阿绿立刻说道：

“我遇上坏人了！你快来帮帮我！”

她从壁橱内抓出自己的正装说道：

“喂，快点！把它换上！求你跟我一起到宾馆去住上一夜。只我一个人的话，不知道会吃多大的亏呢。”

百合倏地望了一眼门口后说道：

“那你不去就是了。就这样待在家里嘛！”

“车子还在正门外等着呢。不能不去呀。我每天都是要去浅草的！现在不去将来不知会遭到多大的报复呢。躲是躲不掉的。再者说了，不知为何老爸好像跟人家借了二三百块钱呢！”

“那怎么可能？不可能的事！”

嘴上虽然这么说，百合却似乎未能怀疑阿绿本人也并不相信这件事。

“百合你不会有事的。那帮家伙对像你这样圣洁的姑娘是一根指头都不会碰的。你只要待在我身边就行啊。”

百合就这样被姐姐轻而易举地诱骗出来。

进入宾馆的房间后，阿绿便倒在床上嚎啕大哭起来。受到姐姐的感染，百合也跟着哭了起来。就这样，在阿绿走出房间的一瞬间，却换进了一个男人。

滨村和百合离开宾馆后也依然默默无语。

百合向浅草公园的方向走去。她打算一个人前往。然而滨村既像是理所当然，又不像是理所当然，战战兢兢、满脸焦虑地跟在她的身后。看上去既像是她的身影，又与她的身影迥异。

“你跟来干吗？”

她拼命喊叫着，加快了脚步。当她似乎要把加快脚步作为忘却自己身体某处伤痛的方法后，某种即将哭出声来的愤懑之情再次涌上心头。她焦虑地想要摆脱自己的身影。

“真的，我对不起你了。我不知道该怎样向你道歉才好。”

滨村再次重复着相同的话语从后面追了上来。

本来说上一句“你能否原谅我呢？”也就万事大吉了。

可这位学生哥也真的是个学生哥，这句话他就是说不出口。

他无法用先道歉再祈求宽恕这样的手段去牵制对方的感情。

百合并不作答，一直默默前行。

在观音剧场对面的戏棚内，书写看板的人正在往白布上写大字。是浪曲艺人的艺名。周遭是丧失了时间感觉的观赏者。

对那些观赏者毫不介意，观音剧场的檐下酣睡着无视周遭人群的流浪汉。百合失去了自我一般从那里穿过。

“我们不能就这样分开呀！”

她一边轻轻申斥着如是思考的自己，一边恐惧着——没有比静默的愤怒更令人感到恐怖的了。

隔着玻璃，姐姐阿绿笔直地伸着一只裸露的腿在微笑。这是今晨报纸上也刊登过的照片。

“今天也还是今天早上的今天啊。”

就在百合突然坠入令人难以置信的悲戚中时，滨村小心翼翼地望着歌舞小品剧戏棚的后台入口问道：

“你是去姐姐那里吗？”

耳畔传来像是排练的钢琴声。

从观音堂院内的银杏枝头，传来了被遗弃的雄鸡的夜鸣声。

“那么我就回去了。我嘴巴笨，什么都说不出，回去后立刻给你写信。关于我的事你问问姐姐好了。”

他竟突然像个男子汉似的匆匆离去了。看那背影，似乎并不认为百合会阻拦他。百合感到难过，愤懑的情感似乎正在从身体某处一个被打开的洞穴中逃遁而去。

她并不打算走进后台休息室，也并不清楚自己为何会来到这里。

“他为什么只是一个劲儿地道歉呢？”

她走投无路似的在戏棚周遭踱步。已经结束了排练的阿绿在走到后台出口前，一直边打哈欠边和舞蹈编导携手而行，同时还在用左手解开外套的扣子。

看到百合后，阿绿立刻和那个男人道别，倏地将已被妹妹看到一半的笑靥收敛起来，低头向前走去。百合则默不作声地跟在姐姐身后。

“那个人，没跟你说要结婚吗？”

百合惊愕地停住脚步，默默地望着姐姐。

“他没说是吗？”

阿绿自言自语似的用手套敲打着脸颊向前走去。

“一直到方才为止，我已经把姐姐的事忘得一干二净了。姐姐没能回宾馆是吗？这么说是不是让人狠狠地整了一把呢？”

“没事。”

阿绿以打人一般的粗暴劲头抱住百合的肩膀说道：

“你听，是这次综艺汇演最后乐章的合唱曲！”

说罢，她便唱起了爵士歌曲。

来到言问大街后，朝霞正朝着大川方向匍匐于天际。冷风从身边掠过。

“是回家吗？还是要在隅田公园里一直走到天亮？不过，昨夜的事就不要再提了吧。我或许犯了弥天大错也未可知！我被绫吉给骗了。”

就在阿绿说这句话时，那个姑娘仍然彻夜未眠地倾听着绫吉睡眠中的呼吸声。

睁开眼后，绫吉发现自己的枕头已经被抛掷在房间一隅。

时间已经过了上午十时。这里是昨夜观看和服舞和洋服舞的房间。绫吉横卧在那里。

记得当时唱的是《赤味鸥》。歌曰：

时而巫山云雨，时而小歇小憩，彻夜交欢可矣！朦胧中东方微曦，别离兮钟声响起！

“喂，你别一副睡眼惺忪的样子好吗！”

说罢，绫吉摸了摸下颌，接着说道：

“其实我已经等不及了，我还想着靠脸去撞大运呢！你先去洗把脸再回到房间里来吧！”

“我就是想让你看看我洗脸前的模样嘛！”

“是想让我瞧瞧你昨夜憋得苦闷的表情在脸上留下的栩栩如生的痕迹是吧？”

“没错嘛！”

“一大早就邋里邋遢的女人一下子就会被人厌腻的！会露出老底儿的！”

“那可以不必特意早起给你看嘛。想要侮辱女人，其实还有许多其他更管用的方法！”

“你感到满足了是吧？睁开眼睛时旁边没有男人，觉得挺爽是吧？这就是所谓的武士怜悯之心啊！”

“连枕头都扔到了远处，你可真会照顾人啊！”

说罢，姑娘整了整头发，接着说道：

“咱们出去吧。我不会跟别人说昨夜和你睡在一起的。精灵鬼先生！”

“松屋百货店里是不是也有个理发店呀？”

他们走向松屋百货店六楼。从言问桥方向，即北口登上楼梯后，眼前出现了小鸟和花卉。

“绫先生！绫先生！”

九宫鸟今天也在呼唤。

绫吉大大咧咧地走近九宫鸟笼前。他想起昨日梅吉的话。

“有意思吧。”鸟儿叫。

“啊，有意思！”绫吉答。

“绫先生！绫先生！”

“喂，它在叫我呢！”

“鹤龟！鹤龟！”鸟儿鸣叫。

“它小瞧人呢。这才像鸟儿的样子嘛。不过，好像在欢迎我回到浅草啊！有趣的‘鹤龟’呀。”

“哎呀？”

姑娘在看悬垂在鸟笼上的纸片，上面写着人类的语言。

“只有‘绫先生’这一个词是用红铅笔写上去的呀！”

“我这一不在，整个浅草就全都在呼唤我的名字了！真没想到我的人气甚至都跑到小鸟身上去了。”

“是女人呀！要么就是一个叫绫子的女人一直在饲育它，要么就是为了将这鸟儿卖给一个叫绫子的女人，所以才教它这么叫的。”姑娘说。

二人从花草卖场中间穿过，走向两侧都是玻璃的走廊。右手是照相馆，左手是男子理发店和妇女美容院。

“喂，你也在这里让她们给你补补妆吧。就你现在的这副面孔，昨晚的一切已经是不打自招了。那么，回见了！有事的话三点见。在传法院的庭园里。”

“你倒是陪我吃点饭啊！早餐还没用呢。”

“三点以前有的是时间啊。”

走进美容院后，姑娘觉得自己整个身躯似乎都已漂浮起来。倒也难怪，因为到处都是镜子的反射光线。她的身躯已被那清洁的光线所裹挟。室内只有一位客人。

在给那位客人湿成一绺一绺的头发上用烫发钳烫发之际，美容师开始除掉客人日本发髻上的头油，似乎是想把客人的发式改变成西洋发型。

就在姑娘想要转身退出时，那个客人坐着的转椅快速向她旋转过来。

“阿岛小姐！”

姑娘下意识地跟对方打了招呼。

阿岛只是瞥了一眼镜中的姑娘。而阿岛此时同样也是镜中人。在镜子里看到的阿岛，使姑娘产生了一种镜子恰恰就是与阿岛的美貌相匹配的居所之感。那是一种始终充满了冷艳的凄绝美。何时何处会闪烁出光辉？这种令人不安的心绪使人难以对其直视。

阿岛犹如大家闺秀般坦然自若，姑娘无法将她视为卑微的浅草尘芥。

“一大早就来梳妆打扮，好像有什么喜事嘛。”

没有回应。就在此时，那桩本想隐瞒的事却冲口而出。

“你能见一下绫吉先生吗？”

美容师面无表情。阿岛亦然。

“绫吉先生就在旁边的理发店理发呢！”

阿岛目不转睛地凝视着镜子里姑娘的脸，她似乎从姑娘的脸上读出了各种污秽，竟突然回头对美容师说道：

“我说，能否劳驾你去一下旁边的理发店，看是否有一个叫绫吉的人在那？”

“晓得了。”

姑娘惊诧得差点从椅子上站起来。

阿岛将脸贴近镜子，宛若点数自己睫毛根数一般凝望着自己眸子的深处。

六

女人黑油油的头发可以被比喻为鸟的颜色，其中最为恰当的非九宫鸟莫属。九宫鸟那润泽光亮的羽毛色彩，简直就像是涂抹了香油一般。当黑色也能闪现出如此美丽的光亮时，便令人产生那黑色中渗透着某种绿或蓝的感觉。还有它摇头的样子，鲜活的生命力真是招人爱怜。健壮的体魄则使它看上去显得有些旁若无人。总而言之，九宫鸟以其做出意外动作时的表情，显示出作为猛禽的狡猾本色。而它学舌时的声音则会因施教者而异。如果施教者是处于变声前夜的少女，它就会学着发出与自己外貌迥异的娇嫩之声。如果在它的鸟笼附近摆上黄莺或知更鸟的鸟笼，它就会发出拷贝下来似的小鸟鸣啭声。这个小鸟卖场的鸟儿，似乎是在接受一位中年男子的调教。

九宫鸟应该是有两只。鸟笼被并列摆放着。

“绫先生！”

能叫“绫先生”的那只鸟，因为比另一只能多说三四个词，所以贵十元。

自不必说，清晨的理发店内也是只有绫吉一位客人。

“啊，我就是！你跟她讲完事以后我会在出口等她。务必把这话给我转达清楚！”

绫吉再三向旁边美容店的助理美容师，也就是被阿岛派来打探消息的人叮嘱着。

“头就算了！反正马上就要去洗澡。”

绫吉连头都没洗便来到走廊上，然而那里人迹杳然，只有美容店和对面照相馆的大玻璃在闪闪放光。无论怎样他也不能跑进妇女美容院去。他被卷毛金丝雀的鸣啭声所吸引，信步来到小鸟卖场。

可是，本应存在于斯的那两只九宫鸟踪迹皆无。

“怪了？”

他向一个貌似值班人员的人问道：

“摆在这儿的九宫鸟卖掉了吗？”

值班人员不耐烦似的走了过来。看到空着的鸟笼后，脸色刷地变了，仿佛要掩饰表情似的说道：

“欸？”

“是被卖掉了吗？”

“欸？”

“我去理发店路过这里时还在来着。是谁恶作剧把鸟笼门给打开了吗？”

“怎么会呢？”

说罢，值班人员小心翼翼地环顾起四周来。

“是被谁偷走了吧？偷鸟可是这百货公司开张以来头一回呀！”

“欸？”

“真不愧是浅草啊！”

值班人员惶惶然快步离去了。

“怕是梅吉那小子干的吧？”

说完这话，绫吉便微笑起来。他伫立在卷毛金丝雀和红雀的黎明鸣啭声中，看了看垂挂在鸟笼上、在“你好”和“有意思吧”等片假名词语后面唯一一个用红色铅笔写下的“绫先生”，心想：如果自己和阿岛组建一个新家，梅吉一定会立刻把那鸟儿当作贺礼送给自己。而那鸟儿则毫无疑问会首先成为新家的一个奢华装饰品。

“小气劲儿！”

就在绫吉自我悲怜之际，身后传来了说话声。

“哎呀，这鸟儿已经为我买下了是吗？”

是山手地区大小姐范儿的阿岛。

“好像是一个叫梅吉的小鬼为了我给偷走了。”

说罢，他便像吸吮故乡气息一般凝望着阿岛的美貌，凝视着那对具有某种冷澈气息、直沁男人肺腑、深沉燃烧着的眸子。

“有个姑娘到美容院去了是吧？”

“是的。她说她叫阿娟。我就是从这个阿娟那里听说你回来了的。”

“原来是叫阿娟啊？那么那丫头在干什么呢？”

“好像回去了呀。不知为何看上去很不高兴的样子。”

“回去了？我和那个姑娘之间还有一个约定呢。说好了要和她一起吃早餐的。”

“早餐？”

阿岛侧过她那张漂亮的脸蛋说道：

“有约定就应该实现才好啊。刚从大阪回到东京就爽约，这可算不上什么本事啊！”

“说是早餐，其实也就是指这儿的餐厅而已。怎么样，你也陪着吃一口吧？”

“昨晚你和阿娟跑到哪里睡觉了是吧？”

“睡了。在向岛。”

“那么你就自己一个人去吃好了！”

“别说这种无聊的话好吗？”

然而二人还是向餐厅的方向走去。

“怎么就无聊了？天刚亮不是？别一大早的就想惹女人生气！”

“也不知是受到志村呀还是谁的指使，那丫头乔装打扮成乡下姑娘却露了馅，还他妈的想把我诓骗出去！”

“那就更不能爽约了！买的是个廉价女人，怎么能一大早就这样分手了呢？”

“你说什么？！”

“难道不可笑吗？瞧你这眼神变的！我觉得你真是个笨蛋！你是想这样辩解吗？虽然我们一起睡觉，却什么事都没发生。对吧？毫无意义的固执！我才不感谢你呢！你并没顾及我们的情分啊！”

绫吉回想起了那扇可以眺望到上野灯火的宾馆窗户；那个已进入梦乡却仍然可以感受到的姑娘并未能成眠的向岛之夜；以及在那无着无落的虚空时刻里，阿岛的幻影在脑海中浮现出来的情景。他一边这样回想一边说道：

“你还是老样子呀，说话总是先声夺人。”

“得了吧你！你自己也洗头，还让女人去化妆，就是想要蒙骗遮掩，昨天夜里一意孤行的痕迹也是无法消除的！为了一个叫阿岛的女人，这个男人居然对我一根指头都没动——如果被阿娟这样想的话，那我可就成了帮倒忙啦！好可怜，那丫头本来已经迷上了你！”

“不说了，好吗？”

“比这重要的是，你让阿娟遂了心愿，今天早上她神清气爽地来见我，这个嘛，倒还是让我感到高兴！”

“昨天一整夜，我都在当那个丫头的守护神呀。”

“那么你在大阪又如何呢？旅途中的丑事不算数了是吗？你怎么可能洁身自好三个月呢？你难道想对我说，自己并没和比阿娟还要下三滥的女人干坏事不成？瞧你这副模样，因为回到浅草，居然无聊地赌起气来了！”

因为客人寥寥可数，餐厅内显得空空荡荡，并没有阿娟的身影。

“好像回去了。”

“看来是我做了令她怨恨的无聊事啊。”

“那我一个人吃一口算了。”

“不行！岂有此理！”

阿岛那激越的语调，使绫吉感受到一种发自肺腑的喜悦，他知道阿岛接下来会说些什么。

“你算了吧，在和女人约好两个人一起吃饭的餐厅里，你怎么好意思自己一个人吃？即便在我这儿，一顿早餐也还是供得起的！”

海鸥正在窗外翱翔。岸边的草坪一片茵绿。彼岸一排排绽放的幼樱，似乎正在为工业地带黑黢黢的宏大背景喷吐出一簇簇感伤的气息。轮船正从干净整洁的隅田公园内驶过。从百货商店里望去，那脏兮兮的轮船恍若落魄之人的梦幻一般。这幅光景与大阪的中之岛一带相似。

阿岛乘坐电梯匆匆买齐了面包和香肠之类的食品。

驹形河岸边的宾馆。说是宾馆，其实也不过就是供情人幽会的场所罢了。女人的房间。设置美女住惯了的房间，这未免有些不可思议，然而河对岸的震灾纪念堂或本所礼堂，在春季午前阳光的照射下显得那么柔美。大川浑浊的水流则对这个房间起到一种煽情作用。

二人甚至已经无意用语言进行沟通了。

备齐的早餐被原封不动连着纸包投掷到桌子上。

看上去似乎不是宾馆的物品，房间内甚至搬进了大衣柜和偌大的穿衣镜。当绫吉注意到这些奢华摆设时，已经是听到正午的汽笛声以后。

“这些日子你是怎么过来的？”

“男人可不应该仔细审视女人的房间呀！”

“我是以过正经日子的想法回到这里的。”

“好的，让我来养你吧。”

“让女人来养活？这倒很像是地痞阿飞的人生终点站啊。”

“说话不硬气了吧？”

说罢，阿岛便在床上闭上双眸，一边等待神志飘向了远方似的血性男儿反击，一边问道：

“你在想什么呢？”

“啊。”

“这可不行啊！在这种场合下考虑的事情，好像会是商量殉情的事儿啊。准备好吃食，然后跑到热海或镰仓去。对啦，坐火车也不妥。好像在火车里人也容易考虑一些没劲儿的事情。”

“不成啊！我已经和阿娟的同伙约好了，今天下午三点要在传法院见面。”

绫吉一边打开桌上的餐食包一边说道：

“我不能食言。”

“对方是谁？”

阿岛睁大了眼睛问道。从她的眼中流出一道黏糊糊的泪水。就在她睁开似乎濡湿了的双眼时，耳畔传来了敲门声。

于是阿岛再次伸直已经支起膝盖的双腿，将被子拉到脖子上问道：

“谁呀？用那里的钥匙把门打开好了。”

九宫鸟！

从门扉处伸进来的是九宫鸟的笼子。涂成朱红色的底托配着崭新的竹子，甚至还在笼中建造了一座小屋，大约有二尺五寸吧。

“谢谢！拿来这鸟笼的是一个穿着灯芯绒衣服、踏着木底儿草鞋的人吗？”

“对方好像什么都没说就回去了。”

宾馆的女侍迅速将鸟笼递给了绫吉。

“是梅吉呀！不过这么大的鸟笼他是怎么搞到手的呢？从偷窃的角度讲，可是要费不少力气啊。”

阿岛继续横卧在床上，疲惫地转了个身。在脚重重落下的同时，胸部已经挺起。她将被子抱在腹部，亦即呈坐姿猛地擦拭了一下濡湿的嘴唇，向两侧咧开嘴唇后喊道：

“绫先生！绫先生！”

“绫先生！”

九宫鸟也在桌子上叫了起来。

“你好！绫先生！绫先生！鹤龟！”

鸟儿张开了它那凶兆似的黄色鸟喙。

“鸟的音色会使人产生不祥之感！”

“只是‘绫先生’这一个词而已吧。不过是另外一个人的声音对吗？只有这个词是女人的声音对吧？是我教给它的呀。花了三个月的时间呢。”

从抱着的羽毛被红边下，露出阿岛低垂赤裸的双腿。这双腿竟会如此美丽吗？绫吉一边惊叹，一边感受着甘美的疲惫——那两条白色的物体，不知为何让他觉得似乎就是象征着虚无的甘美疲惫。

“对方谁来？”

双腿被掩在衣服下摆内，阿岛缓缓踱来。

"反正跑不了志村那帮家伙吧？"

"我去替你见他们吧。"

"是大白天呀！而且是在传法院的庭园内。出口又只有一个。还有事务员在那值班，所以不会受伤什么的。"

绫吉是在一点过后离开宾馆的。

他先是来到戏棚后台见阿绿。那里也同样显示着白昼日光下的疲惫。榻榻米的孔眼里似乎撒满了陈旧的白粉沫。人造丝衣裳的皱褶、出浴后毛巾上的水渍、巧克力的包装纸屑、四处横陈的舞女们的肌肤所显示出来的感官上的愚钝寒意。阿绿正一边翻身仰卧，一边往腋下涂抹着脱毛乳霜。

"哎呀，够早的呀！"

她将自己身下的富山绸坐垫抛掷过来，一边起身一边说道：

"昨晚可是给你添了意想不到的麻烦呀！"

"后来百合怎么样了？"

"一起回家了呀！"

说罢，她便顾忌着周围的舞女，说道：

"再上台跳两场后，我就有两个小时的空闲时间了。"

"是吗？但是不巧我这儿已经和别人有约在先了。我昨天夜里做的事错了吗？"

"也没什么大错吧。反正就是个背巷长屋的丫头嘛！"

说罢，阿绿便从梳妆台抽屉内取出一张名片抛了过来。

“过来了呀。”

“滨村？哼！那个学生哥，今天居然还真有胆量过来呀？”

“我要穿衣裳了，劳烦你出去一下。”

“那么，他说了些什么？”

绫吉一边起身一边接着说道：

“啊，算了。在客席和滨村见面后再说吧。百合也一起吗？”

“开什么玩笑啊！她一直在家哭呢。”

绫吉心不在焉地把帽子拿在手上向室外走去。在后台门口，他碰到了花环上，似乎是今晨滨村赠送给阿绿的新花环。

七

未能成眠的黎明。尽管如此，帅气的面庞依然显得酷劲十足。

如果是年轻人，失眠的疲惫反倒会给人增添一种温柔得令人想要上去抚摸一把的酷劲儿；倘若是三十多岁的人，则会泛起一种令对方产生黎明之际是做爱最佳时间的妖艳感觉。滨村的脸庞属于年轻的那一种。

比如，这并不是本故事发生的春季，而是在金秋十月。某日，当他在东仲町走下电车以后，突然邂逅了一个身穿洋装、看似在银座地区工作的姑娘。接过对方递来的名片一看，上面有女人用自来水笔写下的这样一行文字：

“今晚让我为您奉献一次爱吧。”

这情景多少会令人感到有些惊诧。

虽然是逢场作戏，但这并不会带来任何结果的、可被视为咖啡店女侍的街头宣传，反过来讲，就与一个散发传单的新手将法国通俗歌手莫里斯·切瓦力亚和美国著名歌星珍妮特·麦克唐纳亲密微笑着的照片分发给路人并无二致。

“这叫什么事儿嘛！无聊！”

他为自己甚至会被这种女人瞄上的卑劣感到不屑，在用鼻子哼笑了一声并转过头后，这才发现，天哪，这女人大白天所显示出来的腌臜劲儿还真够可以的。若是与正在利用附近后街的公用水龙头、拿着一块毛线孔已被用得如同金属丝网眼一般坚硬的毛巾擦拭自己脸部的歌舞小品剧少女演员相比，真不知后者的面庞要美上多少倍。

之后，他又从东仲町向松竹剧场方向行走了些许距离。右侧是一家颇具浅草特色的餐厅，各种菜肴或五钱，或十钱。到了夜晚，日本发髻披散在薄毛呢围裙上的女侍们便会在入口附近排成一列，配合着廉价留声机里的音乐，穿着木屐跳起将安来调舞蹈和歌舞小品剧舞蹈融为一体的舞。

跳这种舞也有揽客的目的，看着她们一边在餐桌间穿梭舞动，一边给客人斟酒的样子，会令人感受到这便是东京夜总会刚刚兴起时的雏形。不仅如此，酒席上的照应手法也要比大阪的夜总会捷足先登一步，率先引进了西洋风格。

倘若感觉不出“西洋风格”，就会显露出殖民地风格的自暴自弃。

这些女侍们也要在绫吉从歌舞小品剧戏棚的窗户上所俯视到的春光明媚、布满尘埃的路上走过。于是也就构成了白昼里一道肮脏的风景线。

她们的身形和举手投足的姿态，看上去与渔港小酒馆的姑娘颇为相似。但在白昼的视野里，浅草的疲惫则没有能够与之匹敌的对手。抹油过多的头发上总是会沾满灰尘。

浅草地带是否有淫荡的女人，最好的判定方法就是在白天走上一圈看看。反倒是白昼，会在耳朵的颜色等方面留下痕迹，夜晚的操行难以掩饰。

绫吉向二楼客席休息室窥去。滨村身上飘逸着的那种不知为何近乎悲凉的帅气劲儿，令绫吉身不由己地伫立在那里。

“昨夜若是再好好观察一下这个男人的话，我也就不会因为担心自己是否做了对不住百合的事而烦恼不堪了。”

也许是滨村再次回想起了昨夜因彻夜思考而未能成眠的那些事，他并未注意到绫吉的到来。

“抱歉，昨夜失礼了！”

“哪里话！”

说罢，滨村像被弹了一下似的站了起来，以不知是害羞还是不安的表情向绫吉低头施礼。

“你是否只是因为不想观看阿绿的舞蹈，所以才待在这里呢？”

“不是。”

“又给阿绿送花环了吧？既然能给阿绿送花环，那就给百合送上一条和服衬领如何？”

“可是。”

“总之，看到你送的花环，我是否可以这样理解呢，昨夜的事并未使你对阿绿姐妹产生失望的厌恶之感？”

对着连脖颈都已变红的滨村，绫吉又以不容分辩的语调说道：

“给阿绿送花环这类徒劳无益的事你最好就不要做了。昨天夜里硬是把百合塞给你，阿绿和我是同谋。因为我觉得这是为了你和百合好。像你这样的公子哥迷恋上阿绿那样的女人，在他人眼里是一件令人担心的事啊。你可能会这样想，如此费尽苦心，可阿绿为什么就不能成为自己的女人呢？其实她跟你交往还是很有分寸的，并没有下面这样的坏心思：比如先让你焦虑不安之后再甩开你，再比如牵着你的鼻子走，进而让你陷入不能自拔的地步。说句实话吧，她并没有什么太深的想法，之所以没能主动对你投怀送抱，是因为她身后跟着难缠的人，而且人品比我还坏！这就麻烦了。仅此而已。不过嘛，如果再稍微加大一点追求力度的话，她也就对你唯命是从了。她不是那种令人苦思冥想、城府很深的女人。而如果百合能够成为你的女人的话，你的独角戏也就自然而然地终结了。她的相貌和姐姐相似，身心又都是干净的。真不知淳朴的百合要比姐姐好上多少倍。昨天夜里你大约把百合视为阿绿，百般疼爱了一夜。现在你也依然将百合看作阿绿的偶人吗？”

“欸。可是，对我来讲不知为何那就像是一场梦，我几乎就不敢相信这个世上竟然还有百合这个人。”

“可也是啊。你迷恋阿绿几乎就是一桩不幸的孽缘啊！”

客席门被猛地推开了。

“哎呀！原来在这儿呀？”

阿绿尚未卸妆，光着脚丫穿着后台的拖鞋就走了进来。

“没有比今天早上的花更值得感谢的啦！而且小妹昨天夜里还给您添了麻烦！”

“你这是哪门子客套话嘛！”

绫吉蓦地以不客气的口吻说道。

“那我究竟应该怎样说才好呢？这出戏是你导演的，你就给提个词好了。”

“好吧！我就给你提个词。应该这样说。听说您把舍妹当成我给疼爱了一番！”

“听说您把舍妹当成我给疼爱了一番！”

“不过，您若是想要测试真品和赝品哪个更好的话，真品也随时可以奉上。”

“你这是在戏弄我！”

“这是脚本的台词嘛。岂能允许演员发牢骚？”

“虽说分不清哪个才是真品，但真品也随时可以奉上！”

"'分不清哪个才是真品'，这话说得妙！那么你妹妹那边怎么样啊？是高兴还是怨恨呢？"

"可以高兴吗？可以怨恨吗？总之今天早上她把脸埋在床上一直在哭呀。"

"所以嘛，关于你妹妹呀，如果要跟我发什么牢骚的话，就趁现在赶紧发好了。"

"没什么牢骚可发呀！反正她就是个长屋出身的丫头。"

"这话方才我已经听过了。所以，如果你不想用钱来摆平这件事的话，方才那套台词就全都是废话。"

"我不是说过没什么牢骚可发吗？再怎么说我也是她姐姐呀。要卖的话，与其卖妹妹，还不如卖自己呢。我觉得自己还不至于找不到买主。百合不同于我和丁香。只有那丫头讨厌当歌舞小品剧演员。滨村先生心里只装着我一个人这件事我妹妹并不知道是吧？所以我想拜托滨村先生的也就只有这一件事了。那就是今后如果有机会再见到百合时，务必请您做出当初就是因为喜欢她所以才疼爱她的样子来。"

"这下我就明白你的想法了。可是我跟你说呀，如果滨村先生被你妹妹夺走，你心里边就不觉得懊悔吗？"

"也是啊，叫你这么一说。"

说不出是真心还是女艺人的习惯使然，阿绿的脸上浮现出一抹掺杂着些许寂寥媚态的笑意，她说道：

"如果滨村先生想见百合的话，请随时对我说。妹妹也会高兴的。我会让她随时陪伴滨村先生的，无论滨村先生喜欢去哪里。而且绝不会提出和滨村先生结婚之类的无理要求，也不必担心会不会怀上孩子。”

“你有认识的大夫吗？”绫吉问。

“滨村先生什么都不必担心，只管随心所欲好了。到了该分手的时候，我会让她跟您分道扬镳的。”

“怎么样，觉得这个女人的话不可思议是吧？这个嘛，这是因为她是一个曾经狠狠地欺骗过男人，也被男人狠狠欺骗过的多愁善感的女人。或许是因为昨天夜里我刚刚从外地回来的缘故，竟无意中被她给捉住了。反正那个百合也不见得会过上多么幸福的生活，虽然有些悲哀，但我毕竟还是给她创造了一个美好的回忆。给滨村先生添麻烦了！”

滨村不得要领地点了点头。

“我现在可以去百合小姐那里看看她吗？”

“欸？去我家？真的吗？百合可该高兴坏了呀！可是，若因此她从心底里真的喜欢上滨村先生，我反倒觉得妹妹太可怜了。百合好像还未能仔细品味出滨村先生是一个怎样的人呢，还以为滨村先生会不会和绫吉先生等人是一伙的，是个少爷痞子呢！”

说完这话，阿绿明快地站了起来。

“我这就去后台卸妆，准备一下就来。”

一直在观望传法院庭园的绫吉，也在阿绿的身影消失后说道：

“那就这样吧，或许今后什么时候我还会和你见面的。请好好疼爱百合吧，让她意识到如果和你分手，就会成为一个再也找不到幸福的姑娘。只要能做到这一点，无论是以多么残酷的方式分手，你一生都不会被她怨恨的。”

说罢，绫吉便转身离去了。

一、参观时间为每天上午九时至下午四时。

但由于天气等其他原因，可以延长、缩短参观时间，或关闭庭园。

二、参观者务必在入口处填写自己的住址和姓名。

当被认定会给庭园带来麻烦时，庭园有权谢绝该客人进入。

三、禁止进入园内通道以外的场所。

四、禁止采集园内的植物、鱼类或鸟类。

五、禁止牵进畜犬或给他人带来麻烦。

六、严禁烟火，请勿污损园内物品。

七、请勿饮酒喧哗。

谨请遵守上述须知，注意保护好史迹名园。

“那庭园如梦幻般建在古代被唤作大名的武士宅邸内。因为是建在杂乱无章的浅草地区正中，所以便令人觉得不可思议呀。不知为何，总觉得静谧得令人害羞，是个幽会的好地方啊。”

阿娟曾如是说。听了阿娟的介绍后，绫吉便将和志村等人见面的地点选在了这里。传法院的庭园门口悬挂着上述注意事项一览，从昭和五年（一九三〇年）四月起，开始对一般参观者开放。

绫吉在门卫递过来的签名簿上胡乱写下一个假名字时，也同样感到焦灼不安。

方才从歌舞小品剧戏棚二楼向园内俯视时，绫吉只看到志村和阿娟两个人。他们坐在池畔靠近水边的岩石上，恋人似的谈笑风生。男人还将一块小石头拿在掌上把玩。

“会不会把人藏到哪里了呢？”

绫吉一边小心谨慎地防范着，一边想：

“大白天的，出入口又只有一个。”

就在他嘲笑自己的时候，突然发现阿岛出乎意料地走进了庭园。她是从歌舞小品剧戏棚里冲出来的。

绿芽出齐的园内，水藻给一泓池水平添了翠绿，着实静谧得令人感到羞赧。院墙外野口酒吧爵士乐的嘈杂声反倒萦绕在耳畔，而行走在柏油马路上的人群的脚步声听起来就像是从水底发出的一般。

“啊，久违啦！大阪如何？从那帮家伙那里不时就有消息传来呀。看到你这么结实真是比什么都强！”

绫吉对志村伸出的带有两三道疤痕的手视而不见。

“你来做什么？”

绫吉目光锐利地盯着阿岛问。

“好像要出点什么事似的。所以就过来看看热闹啊。不行吗？”

“那么你就到那个小坡上去看好了。”

“啊！那里是特等席，对吗？”

阿岛登上茶树之间的假山，坐在了树桩上。

“阿娟也上这儿来看热闹吧，怎么样？”阿岛说。

志村再次伸出手腕说道：

“我到这来是向你表示祝贺的！”

“祝贺什么？”

“听说阿娟昨晚给你添了很大的麻烦。”

“哪里话。其实方才我已经听过一遍这样的话了。”

“我已经从阿娟那儿，之后又从阿岛那儿听说了。昨天一整晚，我的阿娟可是一直都在迷恋着你呀。你承认吗？”

“我承认！”

“那么在祝贺的同时，你就顺便替我把阿娟也收了吧！”

“我虽然搞不清你想要祝贺什么，但在我的记忆里，自己迄今为止还从未接受过别人赠送的女人。”

“阿娟也和阿岛一样？明白了。我所说的祝贺嘛，就是被你碰了一下的我的那个把兄弟，身体已经彻底康复了！你当初就没有必要躲到大阪去。放心吧！”

“谢谢！”

“再就是啊，祝贺你不知为什么再次回到了浅草！”

“不是回来。只不过是因为想要带走阿岛，顺便过来一趟而已。只要‘采得花归’，小可便别无他求。我和阿岛就要成家了。就请你对她网开一面如何！”

“方才已经听阿岛说过了。对我来讲，可是没有比这更令人感到寂寞的了！”

“我对像你昨夜利用阿娟那样拿女人当枪使已经感到厌倦了。”

“可是，在现在这种不景气的环境下，你这么做不是如鱼离水吗？离开浅草后可怎么过活呢？”

“老婆说她养活我呀！”

“你不在的这段时间里，阿岛可是没过什么正经人的日子哟！”

“我想也是啊。我们俩半斤八两，都没资格说对方。方才我还被她规劝过呢，说什么‘男人可不应该仔细审视女人的房间呀’！”

“你小子也开始说熊话了呀。这，就算是表示祝贺的一点心意吧。再见！”

只见志村的手飞速一闪。绫吉急忙捂住自己的腹部，脸色突然绷紧，随后便立刻微笑着说道：

“谢了！今后再也不会见面了。多保重！”

“手帕！”

绫吉向滚下山坡的阿岛喊道。

绫吉将已经染成一个血团儿的手帕捂在腹上，接着喊道：

“披肩！”

在用披肩紧紧缠绕住腹部后，绫吉说道：

“这下可就一身轻了！啊，回去吧！九宫鸟在呼唤我呢。”

“绫先生！”

阿娟脸色苍白地哭倒在地，目送着不知道谁才是伤者的绫吉和阿岛相互依偎而去的背影。

樱花的花瓣乘着水流靠近泉水岸边。四周静谧得可以听到浅草松屋百货店彼侧内河蒸汽船的声音。

一九三二年

（帅松生　译）

浅草三姐妹

一

“飞机马上就要着陆了，嗨！快点，快点，免得耽误了乘机啊！如果没尝过坐飞机的滋味，在当今世上岂不白活了一回？世上难寻，只此一处！什么子女的科学教育！什么经济萧条！什么世道艰辛！全都会被清风一吹而散！游览飞行！快喽！快喽！恭请您在空中观赏浅草的夜景！”

三四个男人摇动的铃声嘈杂刺耳，几乎覆盖住了这段游乐场的开场白。

此处乃浅草寺仲见世商店街的后巷，马戏团等经常搭建戏棚的一隅空地。

眼下也是，就在近在咫尺的地方，猫鼠杂技团的节目正在上演。随着风向的变化，耳畔不时传来女人招徕顾客的刺耳喊声，以及好像用梆子敲打坚硬木板的声音。那里或许是老鼠上下场的通道吧？少女训鼠师正在敲击木板桥，鼓励着那些搬运小草包或万国旗的老鼠。

“人家不愿意嘛！哪有拿着三味线坐飞机的！”

被客人领到此处、挨门逐户说唱乞讨的卖唱女说道。

女孩虽然很漂亮，然而渗进了红垢的薄毛呢长袖和服已被她穿得褴褛不堪，口红甚至星星点点地扩散到了眼角处，怀里还抱着一把三味线。

“大哥，求您点首歌吧。”

适才听到这个卖唱女招徕顾客的声音后，男人便把手搭在女孩的肩头，领着她在浅草的茫茫人海中彳亍。男人虽已微醺，却不难看出，他并不是什么好东西。

“说什么傻话！不拿三味线，谁会和你这种人一起坐飞机呀？我是想让你在飞机上唱段小曲儿的！”

说罢，男人便用胳膊揽住女孩细瘦的脖颈，拼命拉扯起来。

女孩一个踉跄，像拄拐似的把三味线戳在了地上。她的身躯比三味线的长柄还要纤细，至少看上去更脆弱易折。

虽然早就到了女性性征应该隆起的年龄，却因打小就在男人面前抛头露面地卖艺，身躯不免瘦燕难肥，看上去可怜兮兮的。而她的心灵之弦似乎早就嘣的一声断裂了。

点缀着人造花的梳子从女孩的裂桃式发髻上掉落下来。一个蓬头垢面的男孩拾起后倏然转身，迅速遁入黑巷之中。此乃出没于浅草地带同样前景堪忧的孩童。

据说明治末期存在于浅草的“摩天轮”，观众只能看到乘客胸部以上的部分。因此不久后便因有伤风化之嫌出台了具有针对性的取缔法案。不知是否因此，如今空中旋转木马已经踪迹难寻，只有“昆虫馆”和“花屋敷”这两家游乐场的旋转木马尚存于世，向人们展示着那已经落后于时代的样态。

在新建的浅草松屋百货大楼屋顶，谓之为“水上飞机”的游乐器具被金属丝悬挂着在空中飞来荡去。坐上它以后便可俯瞰左右两侧的隅田公园和浅草寺。如今它却成了小商贩们发泄愤懑之情的众矢之的。皆曰：此物乃破坏浅草繁荣的罪魁祸首！

不过，当之无愧令人回想起往昔摩天轮的，便是眼下正在进行的“游览飞行”。

往昔摩天轮的座舱变身为所谓的飞机，不过是时代变迁的产物而已。人们的志趣依然如故，同为空中的旋转木马。

“嗨！抓紧！抓紧！门票这里有售，十钱一张。空中游览就要出发喽！”

卖唱女孩儿一边被男人拽向卖票声荡来的方向，一边说：

“现在又不是观赏樱花的时候，干吗这么兴高采烈的？你倒是住手啊！”

朗朗夜空中的群星清晰可见。值此秋夜，若在空中弹奏三味线，听起来岂不恍若晚风轻咽？

“这不是做生意嘛！你试着在空中唱个小曲。搞个什么‘飞机阿染’之类的名堂，人气立马就会聚集上来的！”

“我打小就最讨厌人气了！就算我是个上门乞讨的卖唱女，

可也还是知道哪儿才是唱歌的地方！”

“你说什么？唱歌的地方？喂，我这可是假设啊！就算你将来有出息嫁给街头歌手当老婆。试试看，也只能站在街头巷尾和空地上卖唱而已。早晚都会变成一个丑八怪的。等到落魄以后，就只能坐在桥边或路旁弹奏那个破三味线喽！在飞机上演唱，还不值得你回忆一辈子啊？！”

“你烦不烦啊？！”

说罢，阿染便拔出插在和服腰带里的象牙琴拨。这是她唯一的武器。她用那武器尖锐的一角，猛地扎向紧紧搂抱着自己脖颈的男人的侧腹。

“好疼——！”

“哎哟，原来你没喝醉啊？还知道疼？”

女孩一边嘲笑捂着侧腹的男人一边晃了一下头，随后便抬起手来想要捋一捋头发，却突然发现梳子不见了。她蓦然一惊，遂将手伸到和服腰带里摸了摸。还好，已被濡湿的半张五元纸币安然无恙。

适才在小酒馆内，当她喝掉四五杯这个男人的杯中物后，男人竟猛地将一只饭碗递到她面前，说道：

“小妞儿好酒量嘛！这回拿这个干！”

这倒也无所谓，只是男人后来的举动未免龌龊。

男人竟把一张五元纸币叠小后放到碗底，之后往上面斟满了酒，并把阿染抱到自己膝上。

“哎呀，少见的酒！那么哥呀，我可就干掉它啦！”

少女一口气喝光了碗中酒，并将叼在嘴上的纸币“噗”的一声吐到餐桌上。她在心中暗忖：这钱反正是归我了，显得大度一点也未尝不可，难道他还能把钱收回去不成？与此同时，位于浅草最北端吉原里巷贫民区家中的光景倏然浮现在脑海中。

然而，男人立刻拿起了那张纸币，突然做出酩酊大醉状。

“哎呀，沾上口红啦！先把它浸入酒中，再沾上口红。我明白了！钱这玩意儿啊，本来就应该是这么个花法呀！被手上污垢玷污了的这张纸片儿也算是夙愿达成死而无憾喽！”

说罢，男人便将纸币缓缓舒展开来，从中间一撕两半。

“这半张你拿去好啦！”

“讨厌……你这耳朵的形状！”

卖唱女以自己早已熟稔、且与其年龄相悖的冷峻眼神猛地瞪了男人一眼。暗忖：如果就这样回去，势必会被母亲乃至那帮远比自己年轻的卖唱女们责骂一番。更为重要的是，自己将会沦为大家的笑柄。她早已具备这方面的知识——与其将撕破的纸币摔给对方，还不如凭借卖唱女的执着劲儿，想方设法将剩下的半张也夺到手里更能戏弄眼前这个男人。

她之所以驯顺地跟随男人来到浅草寺仲见世商店街的后巷，原因即在于此。她甚至已经做好被男人带进后巷木板房旅馆的思想准备。

有一点，阿染虽已看穿这个男人，认为他不足为惧；但当这个原本看似通情达理，让人觉得不可能做出撕破纸币之举的痞子竟逞强好胜地故意作出那种卑劣行径时，便使得原本善于分辨男人好坏的阿染难识此人的庐山真面目了。

“你带我到这里来的目的，就是想让我坐飞机吗？”

对于男人这种含有卖弄意味的劝诱，阿染似乎感到茫然。

“可你要是无论如何都不愿意坐的话。”

“我没说不坐呀！”

“那就先把它押给我吧！”

男人猛地抓住了三味线的长柄。

“干吗呀你？”

阿染别无他法，只能像个被拐杖拖曳着的盲人似的，踉踉跄跄地被男人拽向售票处。

充其量不过是接待一个醉鬼客人而已，若因为应对失当导致生意工具被毁，可要比失身更能成为大家的笑柄了。

就在此时，一个购票的少女大模大样地向阿染身后走来。虽然已是秋意渐浓的季节，少女身上的洋装却有种夏天的感觉。

随意留着的短发上没戴帽子，但不能因此就说这是夏季的打扮。少女未施粉黛的脸上飘逸着一种仿佛刚被剥掉表皮的鲜嫩感。对了，一准是匆忙中刚刚卸掉原本涂抹在脸上的厚妆。她的耳后或许还残留着脂粉也未可知。

身上的洋装确实是秋装。但若仔细观察就会发现，内衣方面似乎缺了点什么。有了！原来少女打着赤脚没穿袜子。而那双跟小孩子似的套在踝骨上的短套袜，则确实是夏季的装束。

虽如此，却并无些微寒冷之感。她的身上散发着青春少女的满满暖意。

此种打扮是浅草地区出演歌舞小品剧的舞女们所独具的风情习俗。

舞女飞快地闭上一只眼睛向卖唱女发出一个暗号。与舞女同行的男人脸上则浮现出一抹僵硬的苦笑，说道：

“喂！观览可是还没开始哟！如果现在还没做好厚脸皮不怕丢人的思想准备的话。这玩意儿本是给小孩子坐的。”

“可这或许就是我最后一次看浅草了。我想在空中看一遍浅草嘛！”

二

舞女登上的飞机就在阿染他们乘坐的飞机后面。

飞机一共有五架。

既然被称作飞机，自然就有螺旋桨。

耳畔传来了螺旋桨的响声。滑行。起飞。然而实际上是貌似土木工人的男人站在后面推动着飞机。

“哎呀，这架飞机的螺旋桨没有转动啊！只有我们乘坐的这架飞机螺旋桨不好用嘛！”

“那是因为糊弄人的歌舞小品剧演员千枝子坐上了这架飞机呀!与歌舞小品剧舞台上的飞机没什么两样，螺旋桨拒绝运转了吧!”

一起登上飞机的四个孩子把目光齐刷刷地投向螺旋桨。从他们的表情就可以看出，孩子们对科学的兴趣和虚荣心似乎受到了极大的伤害。

“大叔，螺旋桨没动啊！这哪成？发生故障了！”

说罢，几个孩子便立刻起身跑下飞机，三三两两地换乘到后面的飞机上。

“如果螺旋桨停止运转的话……”千枝子以吹口哨似的轻快口吻说，“飞机大概就会掉下来吧？”

说罢，她便抬起头来仰望着星空。

“你还真知道不少呢。”

“那就殉情吧！和青山君一起。”

“我和千枝子？”

“吃惊了？我就是因为想和你殉情，这才特意挑了这架有故障的飞机！”

“好没面子哟！如果是和千枝子的话，充其量只会被误认为是父女相约自杀而已。人们会说这是因为浅草的歌舞小品剧已经陷入无法自拔的萧条深渊了。”

“如果我母亲是能够温柔地与孩子共同赴死的人就好了……”

千枝子失落地叹了口气。见此光景，青山说道：

“按理说你没有必要和我殉情啊。”

“那也不好说呀。”

千枝子莞尔一笑，接着说道：

“在掉下去的那一瞬间，我一准儿会紧紧抱住你的。”

“那你可就成了孝顺闺女了。”

“我会做得跟恋人一样。”

“怎样做？”

“我想到时候就知道该怎样做了。”

“到时候就知道该怎样做了？”

少女远眺着观音堂方向的上空接着说道：

“好像很冷呀！”

“可不是嘛！”

“你好讨厌哟，我是在说北海道！那里已经下雪了吗？”

“飞机再往上飞的话，或许就看得见了呀。”

“都说旅行巡演不是什么好事，对吧？”

“不过也有可能发生有趣的事啊。”

“那对女孩子来说呢……”

啊，原来是在考虑这种事啊？男人大梦初醒似的突然想要抱住对方的肩头了。在后面推动的男人们终于离开了飞机。机体已经上升到胸部的高度。

一根宛如钢筋建筑物柱子似的东西立在正当中。在其顶端分布着若干钢筋枝杈。也就是说，在脑海中想象一下洋伞骨架的形状即可。伞柄即是铁柱。在扩展开来的伞骨尖端各自悬挂着一架飞机。

在铁柱的下端有一座镀锌板小屋。屋内大约放置了发动机和马达吧？随着洋伞的转动，飞机被渐渐吊向空中。

如果将飞机视为主体的话，它们就是一边划着圈一边向空中升去。

从铁柱的顶端往下，在相当于洋伞伞骨的钢筋枝杈上安装着或蓝或红的装饰灯。

千枝子将男人的臂膀揽到自己的胸前用力抱住。

“哎呀！哎呀！你快瞧他们的那副面孔嘛！”

接下来她又像个孩子似的说道：

“怎么看上去全都呆头呆脑的呀！”

男人也将目光转向下方，俯视着那些排列在栅栏外面、随着飞机的移动而不断转动头部的人们，说道：

“所谓观赏，就是指用那种神态去观看像千枝子你这类女孩子表演的舞蹈嘛！”

“是吗？”

“如果找了男朋友或是结了婚，舞姿就会变迟钝的。”

“为什么？”

“因为看得清人脸嘛。”

“这可就怪了！怎么会呢？”

“看得清人脸并不是什么幸福的事呀。结婚也好，游览飞行也好，女孩子嘛……”

“去旅行巡演这件事也就谈不上有多么幸福了？”

“据说在旅行巡演途中结婚并不是什么新鲜事啊。千枝子你会吗？”

“那可说不准啊！”

男人似乎感触顿生，却若无其事似的接着说道：

“这可是一件值得期待的事啊。是在福岛还是仙台？盛冈？北海道？你可要马上来信告诉我啊！”

“我才不告诉你呢！”

“那就等你回来后再问你也成啊。”

“我不回来了哟！”

“哼！你是在为自己找借口吧，比如说逃离浅草后就突然变老了几岁什么的。”

“坐过飞机后，女孩子也就算是长成大人了吧？”

“你如果出去巡演一圈的话，岂不更是大人了？”

“这天空可是让人觉得胆突突的呢。”

“如果去坐火车的话，你还不哭鼻子啊？”

“我看上去就那么显小吗？”

“啊，我是这么看的。”

“不是这样子的！坐在前面那架飞机上的卖唱女，她是我的姐姐呀。真的，青山君！你可别对其他人说啊。算了，说就说吧！”

千枝子的声音宛若平素从不发出高音的乐器一般终于尖细

激昂起来。也正因如此，她的话听起来就仿佛是在喃喃自语。

“我母亲也一样，她是卖唱女的师傅。她把三个闺女留在家里，让她们在浅草东游西荡地赚钱。我二姐也是从八岁起就干上了同一个行当。女孩子如果拿回来的钱少……”

千枝子突然缄默起来。或许她无意道出自己母亲的虐童行为。

“我是幺女。”

千枝子嗫嚅。她似乎是在婉转地暗示，与两个姐姐及养女们相比，只有她一个人受到了莫大的宠爱。

往昔的那些卖唱女和唱驱鸟歌沿街乞讨的女艺人，要么是贱民的老婆，要么是贱民的闺女。她们甚至被禁止踏入丸之内、上野山内和芝山内等地区。居所也被限定为面宽九尺、进深十一尺的狭小陋屋。

倘若在路上遇到了竹皮草履修理匠等人，则必须跟对方打过招呼后才能通过。

棉布衣衫外扎小仓腰带，后背上裹着木箱盒饭，红布手背套，白色短布袜，女用薄板木屐，圆形苔草斗笠。这身打扮与时下东京的大岛卖油女颇有几分相似。后者的行头也是局限于棉布类。与丝绸相比，棉布具有突出女性美艳姿色的特点，绝非当今之世卖唱女身上那既薄且弱而又自命不凡似的人造丝可与之比肩。

话虽如此，卖唱女遭人蔑视这一点亘古至今从未改变。

“你说你要是找到了意中人，就会切断母女姐妹之缘？那可就是要与你母亲以及姐姐们全都断绝来往了呀！”

青山一边抚弄千枝子的手指一边缄默起来。

他觉得千枝子这个少女已经令他刮目相看了。令人爱怜的明快性情。爱哭鼻子的赤足流浪女。她既是一个从呱呱坠地起便对世事无所不知的大人，也是一个永远懵懂无知的孩子。而原因并不仅仅在浅草戏棚的后台。

“那是我姐姐呀。”

千枝子再度嗫嚅，声音宛若一曲悲歌。

“方才一个醉鬼硬把姐姐拉来坐上了飞机。讨厌的家伙！因为不知道那家伙会把姐姐怎么样，所以我也坐上了飞机啊。”

“这扯不扯！原来是为了你姐姐呀？并不是因为你我要暂时分开一段时间，所以才想要赶一下时髦啊！”

“本来就不是什么暂时分开嘛。”

“如果在旅途中你有了男朋友的话……”

“谁让你不对我说‘不准你去巡演’啦！”

伴随着近郊破旧机械似的声响，飞机渐渐向高处旋转，已经转到浅草寺仲见世商店街诸多低矮房屋的上方。浅草松屋百货大楼的下端开始在鳞次栉比的房屋上方渐次显露出来。观音堂院落黑黢黢的轮廓在眼前扩展着。在区政府左侧，商店街的街灯熠熠闪烁，六区欢乐街的喧嚣声萦绕在耳畔。

在仿佛能闻到隅田川河水气味的秋季夜空里，在机械的吱嘎声中，隐隐传来一阵三味线的琴声。只是这琴声地面上的那些观众无缘赏闻。它将遁逝于空中。

阿染被醉客抱住双肩依偎着。然而她毫不在意地扭着脸，无精打采地用指尖弹奏着三味线。

但是，她那呆板的面孔上突然闪现出一丝活力。

仿佛是在告诉对方“快看那儿”似的，她一边回过头去眺望坐在后面飞机上的千枝子，一边用左手指了指，同时躬起身躯做出要下飞机的姿势。

千枝子将迷茫的目光投向并列着大同小异房屋的长屋一带。她突然注意到了一扇玻璃窗。那是松叶咖啡馆的二楼。磨砂玻璃拉窗虽然紧紧关闭着，却有一扇窗户是透明的。大约是玻璃破裂后进行更换时出现了失误，导致换上了一块透明玻璃吧。

“哎呀，他们把匕首……”千枝子不禁大声喊了起来。

只见一个盘腿而坐的男人，手里捏着明晃晃的刀尖，先是把匕首向上抛出，接着又用手掌接住它，如是反复娴熟地把玩着。此刻飞机正处在可以眺望到那个房间榻榻米的高度。透过玻璃窗，可以看到刀刃在电灯的照射下闪闪放光。

“他是个疯子吗？”

这是只看到那一个男人时的想法。然而男人并非只有一个。四五个男人正围坐在矮脚饭桌前。此外还有一个女人。

“欸？哪儿呢？哪儿呢？”

就在青山用眼睛寻觅的过程中，飞机已经旋转着变换了角度，灯光闪烁的窗户离开了视野。

阿染似乎想对千枝子说点什么，但在看到妹妹身旁的青山后，大约改变了主意，只是一个人坐立不安、满脸焦灼、苦闷不堪地扭动着身躯。坐在后面飞机上的千枝子虽然对这一切看得一清二楚，奈何飞机一旦升起，便因机械原理只有在空中旋转完毕后才能够返回地面。

三

商谈或其他洽谈人员，请利用静谧的二楼！

这是松叶咖啡馆的告示。话虽如此，因为是贴在店铺里侧通往二楼的楼梯口一侧，而且是写在一张小纸片上，故而如果把挂在素地面房间和铺着榻榻米房间之间的帘子啪的一声拉下来的话，便无法看到它了。而坐在饭桌前的客人虽然可以看到纸片，却无法辨清字的内容。

建筑物的正面装饰与一楼的客房好歹算是牵强地营造出一种西洋格调，但实际上建筑物本身原本就与相邻的蔬果店一样，均为建造长屋的廉价工程。上得二楼后，自不必说，只有两个外观粗糙的榻榻米房间。一间六铺席，另一间四铺席半。

在摁响呼唤铃之前，无论等候多久，都不会有服务员上来催促客人点单。虽说进了咖啡馆，可也没有必须饮用并不喜欢的红茶的道理。不仅如此，离开时更没有理由非得跟店里的人打招呼不可。更何况还有个通往二楼进出自由的后门，上下楼不必打招呼，而且也不会被店里的人或前面客房的客人看到。

顾客只需在离去时，将席位费按照自己的意愿随便多少放到坐垫旁或矮脚餐桌的桌脚旁即可。

于是从上午开始便会有相当数量的客人领着女人前来光顾。来者大都是悉知这一内情的常客。

在浅草地区，此类小咖啡馆星罗棋布，二楼全都经营着这类貌似秘密而又并非秘密的副业。

阿染和千枝子从飞机上看到的松叶咖啡馆也是其中之一。从正面看，店铺具有结构派风格，装饰着漆画和霓虹灯字牌。而从后面看时，因为冒出钉尖的店铺装饰物覆盖住了檐端，故而从路上或对面相邻的建筑物里便无法看到二楼房间内部的光景。然而从高空游览的飞机上可以鸟瞰得一清二楚。

当飞机再度回旋到可以看到松叶咖啡馆二楼的地方时，阿染奋力探出身躯，甚至就要使机体出现倾斜。

“果然不错啊！”

嗫嚅声过后，仿佛是为了掩饰声音的颤抖，她又突然以世故的口吻对男人说道：

“喂，你真的喝醉了吗？”

“说你自己呢吧！”

叫对方这么一说，阿染竟突然觉得自己正在空中摇曳，方才灌下的酒就要呕出似的向上涌来。她想合上双眸。

“观音堂的屋脊好像地震了似的正在晃动啊。”

“危险呀！喂，你这姿势都快要掉下去了！”

“咱俩疯他一把怎么样？如果还没喝醉，就装出喝醉了的样子！我困了呀！咱们去找个地方吧！赶快下去吧！你大声吼一嗓子好不好？就说如果不马上降落的话，我们可就要跳下去了！”

“这才是酒后吐真言啊。不过我除了那半张五元钞票外，已经是一文不名了啊！”

“啊，无所谓呀。既然如此干吗还要在半空中悬着呢。胸中的欲火都快要把我烧感冒了。求你了，赶快闹腾一下，咱们好快点下去呀！”

“到时候可别吓着你啊！”

“哈哈，我怎么会被男人吓着呢！”

阿染任凭男人搂着自己的身躯，只有头部似乎已经不再属于自己，神色不宁的脸庞开始转向松叶咖啡馆的方向。

“喂，不去救姐姐吗？”

听了青山这句话后，千枝子羞得满脸通红，即便是在这暗淡的夜空中也看得一清二楚。她似乎已经失去挂念松叶咖啡馆二楼的兴致，也不知是怎么打算的，竟恼怒起来，孩子气地点了一下头后冲口问道：

“青山君也买过女人吗？”

“欸？”

青山险些下意识地离开女人的身体，因为千枝子的话让他始料未及。

“有过是吗？”

“嗯。倒不敢说没有啊。”

说罢，也不知是不是因为看到坐在前方飞机上被男人拥抱着的姐姐后引发了某种联想，竟故意憋着没有笑出声来。

“是什么样的女人？”

“忘了呀。哪里记得住啊。”

“真没记住吗？是那种货色吗？”

“嗯，可不就是那种货色！”

“如果连点印象都没留下的话，也就是说不管是谁，只要是个女人就可以了？”

“可不。”

“不管什么样的女人都可以是吗？”

“你这样步步紧逼，可真是有点为难我了。”

“你说清楚嘛！”

“说不清楚呀！只不过是当时的心血来潮而已。”

“歌舞小品剧的舞女怎么样？”

“你说什么？！”

青山终于将目光转向千枝子，眼神中充满了悲戚。

“我怎么样？”

话音刚落，千枝子便立刻面朝青山低垂下头，身子僵硬在那里，泪珠扑簌簌地滚落下来。

“千枝子？”

少女颔首。

“你是说让我买你？”

颔首。

仿佛要搂住就要摔倒的孩童似的，青山用臂膀拥揽着千枝子的肩头。于是，已经变得柔软的身体突然向他倾倒过来。

“不行吗？”

“不是不行！”

青山以强有力的声音说出了连他自己都感到不解的否定句后，心境便平稳下来。于是暗夜的杂音反倒开始涌进耳畔。

“千枝子缺钱花吗？”

千枝子晃了晃头，依旧偎依在青山的胸前。

“即便是我，也没什么钱啊。但如果是为了买千枝子，就算是去当强盗什么的也无所谓呀！”

千枝子再度晃了晃头。

青山在飞机旋转了半圈的时间里一直沉默着，努力使自己的脸上恢复笑靥后，他说道：

“那么千枝子我问你，你是不是喜欢我呀？你这是在引诱我对吗？”

千枝子并未作答，唯有啜泣声越来越大。

“不说这个了。跟我结婚好吗？总之有什么话你就直说好了。”

“可以的。”

“可以的是什么意思？即便结婚也可以？”

“可以的。”

“怎么个可以法？”

“不是说了可以吗？就是说不结婚也可以的！”

“你是说虽然喜欢我，但不结婚也没有关系？”

千枝子颔首，并将额头坠向青山的胸前。

“这里可不是歌舞小品剧的舞台呀！喂，我还真不知道你竟是一个如此通情达理的孩子。也就是说，千枝子你只是希望我买你而已了？仅此而已是吗？”

“可以的。”

千枝子羞赧得恨不得有个洞能钻进去，她甚至纯真到尚不知羞耻为何物的程度。那恍若即将破碎的气球般无依无靠的状态令人不忍直视。

“喂！”

青山抓住千枝子那颇具少女感的下巴，迫使对方仰起脸来。

“天底下怎么会有你这种，你这种既愚蠢又可怜的引诱方式呀？”

青山一边掩饰自己的哭腔一边接着说道：

“你坚强些好吗！别说这种太悲伤的话了。倒不是重复方才千枝子的话，我现在是真想和你一起跳下飞机殉情而死了。别去旅行巡演了！不过如果已经签约了的话，那就不好办了。有了！我也跟你一起去就是了！既然如此，我倒产生了金盆洗手不再干歌舞小品剧作家这个行当的念头。就抱着和千枝子新婚旅行的想法走上一遭吧！”

“不结婚也可以的！”

“那就单纯地买你也未尝不可呀。这要是被姐姐回头看到成何体统嘛！”

“怕啥？”

千枝子甩了甩随意留的短发，之后便神清气爽地挥动着左手，以清澈明快的声音喊道：

“姐姐！”

阿染在醉意与不安的状态下，迅速扭脸向千枝子望去。她从妹妹的举止中意识到：自己和千枝子是姐妹这件事，即便让与妹妹同乘一架飞机的男人知晓也并无大碍。她的脸上露出会意的微笑。然而在青山眼里，那抹微笑不过是昙花一现而已，姐姐的目光转瞬间就打算从千枝子的身上挪开。

“你快看呀！姐姐高兴啦！”

千枝子的表情就像是婴儿一边被外人抱在怀里，一边看着自己的姐姐并露出笑靥似的。

然而与千枝子不同，阿染放心不下的依然是松叶咖啡馆的二楼。她凝望着那里，接着便用象牙制成的琴拨尖角划了划自己的耳后。

“欸？”千枝子双眉颦蹙露出不解的神色，并向前躬起身躯。阿染用琴拨指了指松叶咖啡馆的二楼。这是一个只有她们姐妹之间才知晓含义的暗语。

“阿莲姐？”

见千枝子显露出狐疑不解的神色，阿染从前面的飞机上向她点了点头。

三姐妹当中阿莲是老大。只有她一个人是同母异父。然而与其说是异父，倒不如说只有她一人不知其父是何许人也。阿莲是母亲十七岁时生下的孩子。

生下孩子以后，一直怀抱三味线四处流浪的母亲这才第一次想到要有一个自己的窝。因此不久便在后巷闯出一片天地，甚至当上了那些卖唱女的师傅。现如今，她连酒都舍不得喝，并认为要想让女孩子们去赚钱，除了苛待她们以外别无他法。她的乐趣便是点数那些零碎的银币和铜钱。

然而，阿莲似乎打娘胎时起就已经沐浴着自己出生时母亲所日夜经历的尘埃。此外，在十一二岁时，她还曾被一家咖啡馆给轰了出去。于是她便坐在店门外偌大的花盆上，懊恼地将树叶一片一片地薅下，纹丝不动地一直坐到店铺打烊。

还有一次，一个女侍对阿莲稚嫩的尖嗓音投来怜悯的一瞥，于是阿莲一边舞动那块印染着红花的手帕，一边顺手抓起餐桌上的沙司瓶飞快地对准那个女侍洒去。女侍从脸蛋到前胸立时布满了沙司酱。

对客人也是如此，她动辄就会突然抡起三味线。

“又他娘的把三味线给弄坏了！哪怕是断了一只胳膊，也应该保护好琴！否则你还怎么干这个行当？”

被母亲用琴拨的尖角不容分说地戳胳膊肘时，她立时吼道：

“你个倒霉玩意儿！你个倒霉玩意儿！”

接下来她便一脚踩断三味线的琴柄，并将怀里的钱币丢向母亲喊道：

“即便没有它又怎样？能挣到钱不就得了？”

她就像乞丐或兜售卦签的朝鲜少女般被人冷眼相对和驱逐。在阿莲眼里，再也没有比咖啡馆的女侍和厨子更令人厌恶的人了。为了征服他们，为了向他们复仇，阿莲开始接近公园里那帮地痞流氓。这一做法充分显示了呼吸着浅草空气、被浅草培育起来的小姑娘的智慧。

“赏口饭吃吧！请您点支歌吧！”

每当阿莲走进店铺，女侍们立刻就会压低声音，并将脸扭向一旁。

对阿莲低头施礼后再从她面前走过的可疑男子越来越多。

因为她是这样一个女人，故而妹妹阿染与她结伴而行时常常会有不便。每当那时阿莲就会用三味线的琴拨搔弄后脖颈，而阿染则心领神会地主动从姐姐身边消失。

因此，阿染在飞机上做出那个示意动作后，千枝子便意识到那是指阿莲。

被警察拘留过数次以后，阿莲在十六岁时被告知：绝对不允许她再怀抱三味线踏进浅草地区半步。而这反倒使她在犯罪的道路上更加随心所欲。

即便被夺走三味线，对如今的阿莲而言也只是觉得一身轻松而已。这项惩罚只不过是给了她一个逃离母亲的家门、从卖唱女的行当金盆洗手的良机罢了。

此外，她早已熟稔驾驭男人的技巧，自觉远比摆弄三味线容易得多。因此，即便在咖啡馆二楼和那些摆弄匕首的男人们同席而坐，也没有什么令人吃惊之处。但这也是指：如果事情发生在两三年前的话。

阿莲和移动戏棚的乐师自立门户一事，着实令浅草的地痞流氓一干人等吃惊匪浅。自不必说，那个乐师已无法继续在浅草立足。无人能够猜出阿莲往昔的同伙们将会怎样对待他。

每晚都在浅草串街揽客的阿染再也见不到姐姐阿莲了。

千枝子曾在歌舞小品剧戏棚里连续三次收到过别人馈赠的花环，却不知道赠花人是谁。千枝子笃信这是阿莲姐的一片心意，却也只是在心底留下一抹难以忘怀的追忆。

如果在飞机上看到的松叶咖啡馆二楼的女人就是阿莲的话，阿染和千枝子的内心自然会涌起不安的涟漪。

四

在将手放到松叶咖啡馆正面的玻璃门上之前，阿染按其早已铭刻在身的习惯，怀抱三味线，将琴拨轻轻贴在琴弦上，以假嗓喊道：

“请点支歌吧！”

然而微暗的一楼根本就没有客人。

男人几乎是揪着阿染的衣袖迈进了店门。他似乎真的醉了。只见他步履蹒跚地转过身躯，一边朝两个女侍的方向观望一边问道：

“也罢，看你们好像怪寂寞的，我就让她给你们唱首歌如何？”

“欸，请吧！”

女侍们将男人看作卖唱女领来的客人，故而两手托腮面对留声机，向男人投来一丝冷笑，却并不急着起身迎客。

阿染向店铺的里侧——也就是通往二楼的楼梯处露出些许下端的地方——窥望着说道：

“还是二楼好啊！”

接着又以佯装不知的淡漠语调说道：

“瞧你都醉成这个样子了，不把椅子弄翻才怪呢！”

“二楼？还有二楼吗？”男人问。

“是的。请吧。”

女侍站起身来，拉开了店铺里侧印花布式样的帘子。

二人穿过以后，女侍立马就将帘子放了下来。

就在尚可看到走上二楼的阿染腿部时，千枝子和青山走了进来。

将红茶摆放到二人面前后，女侍打开了留声机。美国女高音歌唱家嘉丽·库契演唱的奥菲利亚那炙热狂乱的歌声闯入耳畔。高音中隐含着低音。

“姐姐呢？理应是进了这家店铺的呀！”

青山环顾着店铺。

“二楼！你没看见他们上了二楼吗？”

“二楼？和那个男的？”

话音落后，阿染瘦削的肩头似乎浮现在青山眼前。

“不要紧吗？”

千枝子默默地点了点头，脸上泛起一团红晕。

“那就上二楼去看看吧？”

千枝子没有作答。青山似乎突然意识到了什么，不禁笑出了声。

“方才在飞机上，千枝子不是说过希望我来买你吗？”

少女猛地抬起了头，死死地盯着对方，恍若忘记了自己正在凝视的人是青山。之后竟意想不到地像个孩子似的笑了起来。

“跟你开玩笑呢！我们还是赶紧去看看姐姐吧！”青山说。

“可是……”

千枝子要比阿染更加挂念大姐阿莲，但同时她也不想让青山陷入险境，于是说道：

“二楼肯定已经客满了呀。”

“姐姐！”

青山大声喊叫起来。

“我们可以上二楼吗？”

“欸！请吧。”

女侍再次拉开店铺里侧的帘子。

在此之前，阿染已经登上二楼。只见六铺席大的房间里，矮脚餐桌旁只是摆放着两张坐垫而已。薄薄的坐垫外面罩着白色坐垫套，房间显得静谧凄冷。偌大的玻璃烟灰缸内堆满了金蝙蝠牌香烟的烟蒂。烟蒂全都很长，似乎印证了吸烟者当时的亢奋情绪。

果然，窗玻璃只有一扇是透明的。无疑正是在飞机上窥望到的那个房间。相邻房间的电灯也关着。

壁橱拉门的破损处贴着电影女明星照片。壁橱内不可能有人藏匿。显而易见，阿莲等人已经离去。可他们会去哪里呢？

这回反过来，再从那扇窗户向飞机的方向望去，只见铁柱上彩色灯的灯绳正在旋转，使得秋季的夜空显得更加寂寥。

没有呼唤铃。也不见女侍登上二楼。

这是一个似乎连酒都会变冷的煞风景房间，然而男人的眸子里早已流露出难以掩饰的躁动。他粗野地抱过阿染的肩膀说道：

“真有你的呀，居然知道如此隐蔽的别致场所！”

“你倒是把刚才剩下的那半张纸币拿来呀！”

阿染放松臂膀谄媚地说。然而不知为何，进入男人耳廓的，却是一种丧失了灵魂的偶人似的声音。

就在此时，传来了好像千枝子他们上楼的声音。或许是因为担心他们贸然闯进阿染的房间会带来不便，耳畔又响起女侍前来引路的脚步声。

“请吧，请随意！”

阿染借机在自己的房间里喊道：

“服务员，我想要点大米饭粒儿！”

女侍送来了饭粒儿。阿染看也不看对方，自顾埋头将破损的五元纸币拼凑在矮脚餐桌上，接下来便切下一小条揣在怀中备用的纸，一边把纸粘贴在纸币的背面，一边问道：

“方才待在这间屋子里的那些人呢？”

“啊！您是指哪一位呢？”

“你想隐瞒也没用！方才不是有一帮地痞领着一个女人待在这间屋子里吗！”

“请您说话别这么带刺好吗？”

“好像来晚了点？”

阿染看了看身边的男人。

“你不知道他们去哪儿了吗？这下麻烦了呀！就晚了这么一步，也没地方去找呀！”

男人脸上浮现出犹疑之色。这种脸色使女侍对他产生了忌惮，于是小心翼翼地说道：

“说什么东武铁道如何如何的。”

听了这话后，阿染立刻把五元纸币掖进和服腰带里，飞快地拿起三味线，站起身来说道：

“是吗？那我们赶紧过去看看吧！”

“他妈的！少来这套！我岂能上你这个当！”男人说。

已经走下楼梯的阿染对追来的男人冲口说道：

“你像话吗？不付席位费难道还想赖账不成？”

出了店铺正门，碰巧正赶上有一个十二三岁的卖唱女从对面一家与松叶类似的咖啡馆里出来，准备打道回府。阿染大模大样地走上前去，对她一阵低语。少女用力点了点头，随即便一溜烟地跑开了。

五

浅草松屋百货店的地下一层与地铁站相通，而东武电车的发车和抵达站台则在二楼。

“谁也没说要溜走不是？你先让我把事儿办了不行吗？”

男人的酒已经醒了。在他死乞白赖的纠缠下，阿染登上了松屋百货店正面宽大的楼梯。右侧摆放着少量木制长椅，那里即是东武电车的候车室。

“姐姐！”

阿染紧挨着一个女人一屁股坐了下去。姐姐阿莲正被三四个男人围在那里。

跟在阿染身后追来的男人或许知道那三四个男人是吃哪碗饭的，他狠狠地瞪了阿染一眼，说道：

“他妈的，等着瞧！”

说罢便掉头而去。阿染则头也不回地冲着姐姐说道：

“啊，太好了。我还在想要是找不到你可该如何是好呢。”

一个赤足草履、额头苍白的靓仔压低了声音说道：

“喂，阿染，这里没你的事！赶紧走！”

嗫嚅深处蕴含着刀锋般的尖锐音调。

然而阿染就像什么都没听到似的对姐姐说道：

“回去吧。”

“嗯。”

阿莲颔首，并对男人们说：

“我既不会逃走也不会躲藏的。在我送人的这段时间里你们就让我一个人待着好吗？你们在那边盯着就是了！”

“话是这么说，可你要是跳上电车的话，岂不就没戏了？”

“我是那种小肚鸡肠的女人吗？难道你们已经忘了不成？到了分手的时候，就不能分得干净利落点吗？”

阿莲那因操劳而显得憔悴不堪的脸，似乎一直在控制着即将涌出的泪水。

见姐姐如此羸弱不堪，阿染以出乎意料的语调问道：

“他现在在哪里？姐姐！小杉先生呢？”

阿莲拨了一下阿染三味线的第三根弦，依旧默默地低垂着头。

就在此时，耳畔传来一阵咯哒咯哒木屐跑上楼梯的声响。两个挥舞着长长薄毛呢和服袖裾的卖唱女，以旁若无人的大嗓门叽叽喳喳地向他们这里跑来。

“哎呀，在这儿呢！”

“找到啦！”

坐在候车室里的人和路过的行人将目光齐刷刷地投向他们。

方才那个男人皱着眉头喊道：

“喂！你要是闹事看我怎么收拾你！”

话音落后便做出要戳少女腰部的动作。虽然不过如此而已，少女却哇的一声拼命喊叫着一跃而起。

“疼啊！疼啊！你太狠啦！”

受不了大家投来的视线，男人也稳不住阵脚站了起来。就在此时，又有三个少女以卖唱女天生具有的碎嘴子劲头喊叫着跑了上来。

“你们几个丫头片子凑到一起，这是要坐电车去哪里呀？”另一个面呈不解神色的男人问道。

“哎呀！大哥，你就带我们找个地方玩玩吧！”

三个少女同时厚着脸皮凑到他眼前。于是那个男人也只好站了起来。

“他娘的！别瞎闹！”

紧接着又上来两个。俄顷，又来了四个。加上阿染一共十二个卖唱女将阿莲和男人们围在当中尽情喧闹起来。人越聚越多。

男人们终于全都站了起来。即便如此，少女们对他们的狰狞面孔依然视而不见，她们三三两两地将几个男人分开并纠缠起来。几个男人除了离开已经别无选择。

“阿染，谢谢你呀！”

阿莲用力握了握妹妹的手，之后便一头扎进了月台。

“欸？姐姐这是要去哪里呢？”

当阿染追到检票口后才发现，阿莲并未上车，她似乎正在目送一个从窗口探出头的男人。

片刻以后，阿莲紧咬嘴唇，迈着坚实的步伐向伫立在那里的阿染走来，脸上突然露出一抹若有所思似的微笑。

“真的谢谢你！这下可好了。”

“方才你送的人是？”

“小杉呀。我们分手了呀！他要回老家去。在日光市的乡下。”

“分手了？姐姐！”

阿染向姐姐靠了过来。阿莲接着说道：

“是的。也就和分手差不多呀。”

“为什么？”

“一个大男人，是不是不该让女人养活呀？”

“为什么？”

“那我就从头跟你说吧。即便在我离开浅草以后，小杉也依然在干他那份电影院乐师的工作。可是因为有声电影的问世，他失业了。已经不劳而食有半年了呀。走投无路的时刻终于到了，我对他说那就让我出去赚钱吧。可小杉提出，不管怎样先回乡下去看看。他的家境好像相当富裕哟。对小杉来说，根本就不必为了当什么移动戏棚的乐师而特意跑到东京来学习音乐。他是一个既可怜又胆小的人呀。他一准认为如果让我出去赚钱的话，因为我有过以前的那段经历，肯定又会去干坏事了。于是我就跟他说，要不咱两口子就去当路边歌手也成啊，可他又有虚荣心。虽然嘴上一再说回到乡下后立刻就会回来接我，但实际上已经是分道扬镳了。我心里有数啊！好歹总算把他返回老家的旅费给凑足了。我瞒着小杉，把我们盖过的被子之类的东西拿出去卖了。所以今天就是回到公寓，也没有地方睡觉。这倒没什么，可他很久都没回老家了，我就琢磨着让他买点土特产捎给父母。于是我想，如果到浅草来，想方设法总会搞到它三五十块的。可我这个想法错了。我被那几个家伙给堵住了。他们倒也没什么恶意，只是说让我和以前一样回到他们中间去。说是最近他们在浅草已经没有什么值得依靠的女人了。这倒也没什么大不了的，可他们不放我走就会误了我的事啊。如果在送小杉时让他看到我又和那帮家伙混在一起，他一准会以为：‘啊，她又陷到以前的泥潭里了！’那就会在分手以后给小杉留下不快的印象。你可真是帮了我的大忙呀！就在那帮家伙缠不过女孩子们跑掉的时候，小杉进来了。他并未注意到我也在场。”

“原来是这样啊。”

阿染甚至难以抬起头来与姐姐对视了。

“那么姐姐，你今后能不能回到妈妈那里去呢？”

“我不回去。”

“那你打算怎么办呢？”

“不知道。不过年轻女人在浅草似乎饿不着肚子。”

“你要回到那帮家伙那里去吗？”

“如果无路可走的话。”

阿染从和服腰带里取出方才曾被撕裂的那张五元钞票说：

“我觉得你还是不回去为好。总之我希望姐姐今夜先回到公寓去，好好想想再说。我手头只有这点现金了。”

“谢谢！”

阿莲凝视着阿染说：

“阿染妹也开始这么规劝我了呀！”

“啊，我想起来了。有件事姐姐听了以后会高兴的。千枝子找到了一个好男人，说是今晚就出发到外地去巡演。从上野站走。”

说话间，二人已经来到松屋百货店楼前。只见一群卖唱女和青山及千枝子正等候在那里。

“千枝子，我去送你呀！到上野。”阿莲说，接着便突然苏醒过来似的爽快地说道：

“阿染也一起去吧！找个人替你把三味线拿回去。”

于是，卖唱女们纷纷挥舞着三味线，兴高采烈地目送四人登上了“一元出租车”。

一九三二年

（帅松生　译）

图字：09–2016–537 号

图书在版编目（CIP）数据

浅草九宫鸟 /（日）川端康成著；汪正球，帅松生译 .—上海：上海译文出版社，2022.2
（川端康成作品系列）
ISBN 978-7-5327-8903-0

Ⅰ. ① 浅… Ⅱ. ① 川… ② 汪… ③ 帅… Ⅲ. ① 中篇小说－小说集－日本－现代 Ⅳ. ① I313.45

中国版本图书馆 CIP 数据核字（2022）第 019457 号

浅草九宫鸟
浅草の九官鳥
[日]川端康成 著
汪正球 帅松生 译
出版统筹 赵武平
责任编辑 张 鑫
装帧设计 尚燕平

上海译文出版社有限公司出版、发行
网址：www.yiwen.com.cn
201101 上海市闵行区号景路 159 弄 B 座
山东韵杰文化科技有限公司印刷

开本 890×1240 1/32 印张 5.5 插页 5 字数 70,000
2022 年 5 月第 1 版 2022 年 5 月第 1 次印刷

ISBN 978-7-5327-8903-0/I·5506
定价：48.00 元